井原西鶴

RE:STORY

気楽に江戸奇談！

笠間書院

目次

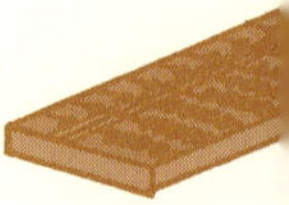

上
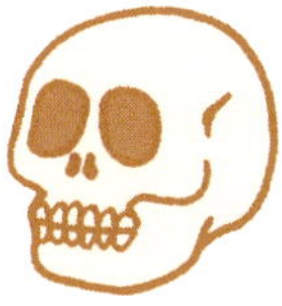

はじめてサイカクを読む人へ

〝サイカク〟って何だ？

そう思いながらこの本を手に取ったあなたは、とても好運な方です。あなたのような人にこそ読んでもらいたい——そのような思いから創《つく》られた本だからです。予備知識も、先入観も、いっさい無用です。ともかくまずは読んでみてください。

とりあえず紹介《しょうかい》しておくなら、サイカクすなわち井原西鶴《いはらさいかく》は江戸《えど》時代の小説家です。でも、どこでどんな人生を過ごした人かなんて気にしなくてけっこうです。どうしても気になるのなら、この本の後の方に解説を載《の》せておきましたので、読んでください。

江戸時代の小説だ、というと、それじゃ古文じゃないか、と尻込《しりご》みしてしまう人もいるかもしれませんが、心配ご無用。この本に収められた話はすべて、現代のことばでわかりやすく書き直されています。また、収められている十二の話は、すべてが独立した短編ですので、どの話から読んでいただいてもかまいません。題名に気をひかれたならそれから。また、さし絵が目にとまったらそこからでけっこうです。

ざっと紹介しておくならば、妖怪《ようかい》めいた存在の登場するのが「紫織《しおり》という女」や「不運な女」です。怨念《おんねん》や執念《しゅうねん》が引き起こす怪異《かいい》が語られるのが「流れついた死人《しびと》」「闇《やみ》からの手紙」です。「ドクロの謎《なぞ》」「表参道《おもてさんどう》殺人事件」「余命《よめい》は百日《ひゃくにち》」は、やや現実的に人の心の不可思議を掘《ほ》り下《さ》げます。金銭に翻弄《ほんろう》される人の心は、「闇金《やみきん》！長崎屋伝九郎《ながさきやでんくろう》」「ムダなし生活術の極意《ごくい》」「江戸《えど》のわらしべはし長者《ちょうじゃ》」に描かれています。あくなき性欲をこっけいに描いたものには「プレイボーイの誕生《たんじょう》」があり、ＢＬ《ボーイズラブ》好きの方には「少年たちのピュア・ラブストーリー」をご用意しておきました。

ところで、本当のところをいえば、この本は西鶴作品の現代語訳ではありません。西鶴をこよなく愛する仲間たちが、このおもしろさを少しでもわかってもらいたいという情熱に遊び心を少々織り交ぜて、思い思いに創作したといってもよいものなのです。

もちろん、そもそも西鶴作品に魅力《みりょく》があってのこと。その文章に挑発《ちょうはつ》されて、私たちの想像力はついつい飛躍《ひやく》してしまうのです。控えめにではありますが、少しばかり思い込みの入ったイタズラをほどこさずにはいられませんでした。そんなことがしてみたくなる——そこが、西鶴の魅力なのです。

もちろん、読者のみなさんが想像力を広げて楽しむ余地は十分に残しておきましたので、ご安心ください。

この本に収められた話に刺激《しげき》されると、きっとあなたは誰かにそのことを紹介し、そして自分なりの解説をしてみたくなるはずです。なぜこんな設定になっているのか。なぜこんな展開になるのか。なぜこんなひと言がつけ加えられているのか。なぜこんな結末になっているのか。あれこれと思いめぐらすようになるでしょう。その時から、みなさんはもう私たちの仲間になっているのです。

前置きはもうこのあたりで切り上げましょう。それでは、さっそく西鶴の迷宮《めいきゅう》への旅をお楽しみください。

（有働　裕）

1

流れついた死人《しびと》

原話・『西鶴諸国はなし』巻二の三「水筋のぬけ道」

訳・杉本好伸

「あの……もし、そこのお坊《ぼう》さま、何かお探しものでも……」

「ええっ、はぁ……」

「先ほどから、ここを行ったり来たりなさりながら、何か探しておられるご様子……」

「はあ、じつは塚《つか》を探しております。このあたりに、塚はございませんでしょうか」

「塚……」

「ええ、塚といってもほんのささやかな……、つい先ごろのことなのですが、若狭《わかさ》（現在の福井県南西部）の若い女を、このあたりに葬《ほうむ》ったと聞き、尋《たず》ねてまいったのですが……」

「はあ、はあ、先月のお水取《みずと》りのころの……、あの……若狭から水脈をつたって流れついたという……。まったく不思議なことがあったもので……。ええ、あの女性の塚なら、はい、こちら、こちらでございますよ。ほら、そこに……」

「オオゥー」

――この出来事も、もう四十年も以前のことになる。

若狭の国小浜《おばま》（現在の福井県小浜市）のことである。漁師《りょうし》のつかう網《あみ》の糸を商《あきな》い、豊かに暮らす伝助《でんすけ》という男がいた。越後《えちご》特産の麻糸《あさいと》を仕入れ、屋号もそれとわかるよう越後屋を表にかかげて、まわりの者からは越後屋の伝助とよばれていた。小浜の港で、この伝助のことを知らない者はいない繁盛《はんじょう》ぶりであった。

この店には、多くの奉公人《ほうこうにん》が働いていた。そのなかに、ひ、さ、という年切《ねんき》り奉公の女がいた。年切りとは二年以上の奉公契約《けいやく》をいうが、ひさはその年季《ねんき》の雇《やと》われ女であった。北国《ほっこく》の田舎娘《いなかむすめ》にしてはなかなかの器量良しで、日ごろから多くの男たちが想《おも》いを寄せていた。伝助の女房《にょうぼう》は、店を切り盛りする女将《おかみ》の役目として、奉公人の日常にはいつも細かく目を光らせていた。ひさの袖《そで》を引き言い寄って来る男たちのことも、もちろん女房は気づいていた。が、ことさらに、小ごとを言うでもなかった。

そんな折りのことである――。

同じ小浜の町に、小商《こあきな》いをして暮らす京屋の庄吉《しょうきち》という男がいた。庄吉は、そもそもは、京都と小浜との間を定期的に通い、行商《ぎょうしょう》を生業《なりわい》とする男であった。月日を重ね幾度《いくど》となく往復するうちに、しだいに小浜の町に親しみを覚えはじめ、とうとう小浜に住まいを構えたのであった。庄吉には、まだこれと定まった妻はいなかったのだが、その庄吉が、ほかの男たちと同様、ひさに対し好意をいだくようになったのである。

ひさの方も、じつは、この庄吉にはまんざらでもない気持ちを持っていた。そんな二人は、人の知らぬ間に、いつしか忍《しの》び逢《あ》う関係になっていた。男女の自然の成り行きとして、いずれ所帯《しょたい》を持とうと、二人は言《い》い交《か》わすまでになっていったのである。

ところが、ことはそう容易に運ばないものである……。

二人の互《たが》いの想いはしごく自然なものであったが、屋内を取りしきる越後屋の監督《かんとく》係りの女房としては、これを男女のほんの徒《あだ》ごととして見過ごすことはできなかった。どこから漏《も》れたものか、二人の約束事を、女房は知ったのだ。

美人の奉公人目当てに、多くの男たちがやって来るのは、商売のためにもなる。多少は大目に見ることもできよう。だが、年切り奉公ふぜいが主人にことわりもなく、勝手に結《けっ》婚《こん》を誓《ちか》い合うなどというのは、もってのほかのこと。主人の意向も聞かず、手前勝手に所帯をもって願いどおりに店を出て行こうとするのを見過ごすわけにはいかぬ……店主の女房としてのそうした思いを、ひさは逆《さか》なでしてしまったのである。

「見ぬふりができようか……」

女房は怒《いか》りを一気につのらせ、ひさを荒々《あらあら》しく責めたてた。

「とかく、顔が人並みだから、こんなふしだらなことをするのだろうよ。たった今、思い知らせてやる！」

火箸《ひばし》を真っ赤に燃やし、女房は、ひさの左の頬《ほほ》に押《お》しあてた。皮膚《ひふ》の薄《うす》いところだけあって、あっという間に、頬は焼けちぢれた。女として、たまったものではない。痛さと悲しさで、ひさは気が狂《くる》わんばかりになった。

ようやく痛みが少しやわらいだころ、ひさは恐《おそ》る恐る長年使いなれた鏡台に向かってみた。見ると、潰《つぶ》れた自分の顔が映っている。ひさは、身悶《みもだ》えして嘆《なげ》いた。

「こうなっては、もう、生きていてもしようがない」

ひさは思い詰《つ》めた。せめて事情を人に知らせておこうと、書き置きを残し、小浜の海にたちまち身を投げたのであった。

その夜は、沖《おき》の波も荒く、死骸《しがい》がうちあげられることはなかった。ひさは、そのまま行《ゆく》方《え》知れずとなってしまった。このことを耳にした親しい者たちは、ただただ「かわいそうに……」と言うしかなかった。当の庄吉も、なすすべもなく、悲嘆《ひたん》にくれるばかりであった。

——不思議なことがおこったのは、このことがあって少し後のことだ。小浜から遠くはなれた大和《やまと》は奈良でのことである。

正保《しょうほう》元年（一六四四）二月九日のことであった。大和の国秋篠《あきしの》の村里では、折りしも、百姓《ひゃくしょう》たちが集《つど》い、田畑に用水を引き入れようとしていた。以前は古寺《こじ》のあった跡地《あとち》を、村人総出《そうで》で開削《かいさく》し、池を掘《ほ》っていたのである。

ところが、つねよりも深く土を掘り起こしてみても、いっこう水筋にあたらない。村人たちは、ほとほと困惑《こんわく》していた。しかたなく、三日二夜、手を休めることなく、鋤《すき》・鍬《くわ》を動かし地面を掘りつづけていった。すると、水脈をおおう岩盤《がんばん》にあたったらしく、荷車を何百両も一同に引くようなすさまじい音がしはじめ、岩盤の片隅《かたすみ》にぽかりと穴が開いた。その穴から、青波が噴《ふ》きあがったかと思うと、つづいてまるで阿波《あわ》の鳴門《なると》のような渦《うず》がにわかにぐるぐると巻き立ちだした。しかも、四時間あまりもこんな状態がつづきにつづいた。こうなると、池の淵《ふち》から水があふれ出るは、あげ句には村じゅうが大雨におそわれたようなありさまになってしまったのである。村人たちの驚《おどろ》きようといったらなかった。

さて、その翌日のこと――。

あふれ出る水もおさまり、村は静けさを取りもどしていた。池の様子を見ようと、村人が行ってみると、身投げをしたらしく、十八、九歳《さい》の女の死人《しびと》が岸の茨《いばら》にひっかかっているではないか。

「かわいそうに……」

引きあげてみると、このあたりの女ではない。しかも、遺体《いたい》は昨日今日のものではなく、十日ばかりも前に身投げしたらしく見える。村人たちは、

「おかしなこともあるものだ」

と、口々に言い合った。

ちょうどその折りのこと、村人たちがたむろするすぐ側《そば》を、東大寺《とうだいじ》二月堂《にがつどう》のお水取りの法会《ほうえ》を見にやって来ていた旅の一行が通り過ぎようとしていた。が、一行は、横たわる岸辺の死人にしばらく目をとめ、じいっと見入ったのである。

「はてさて、世間にはよく似た顔だちの女もいるものだ……。遠く国を隔《へだ》ててはいるが、越後屋の下女にそっくりではないか」

そう言いつつ、旅人は女の真ん前にまわりこみ、身のまわりのものを吟味《ぎんみ》しだした。木綿《もめん》の着物には鹿《か》の子《こ》の散らし模様がほどこされていて、普段着《ふだんぎ》ではなさそうだが、締《し》めている帯は見慣れた横縞《よこじま》の黄色のもの、下女がいつも身につけている帯だ。

「下女のひさでは……」

女は胸に守り袋《ぶくろ》を挟《はさ》みこんでいた。そこで、その守り袋を開けてみた。すると、中に、善光寺《ぜんこうじ》（長野市にある六四二年創建の寺）の阿弥陀如来《あみだにょらい》の御影《みえい》と檀特《だんどく》（カンナ科の多年草）の実でつくった浄土数珠《じょうどじゅず》が入っていた。さらに、何か書き記したものも入っている。旅人たちは、ざっと目を通してみた。そこには、若狭での顚末《てんまつ》が書き記されていた。もはや、越後屋の下女であることに疑いはなかった。

「それにしても、こんなことがあろうとは……。若狭からこの奈良の都に地下では水脈が通じていると、昔から言い伝えられてはいるが、よもや死人が流れつくとはなぁ……。こんなことがあったためしは、今まで一度だってないだろう……」

村人も旅人一行も、この目前の不思議な事態に驚嘆《きょうたん》した。一同は相談のうえ下女の遺体をその村里に葬ることにし、あれこれと手厚い弔《とむら》いをほどこして塚を築いた。その後、旅人一行は、それぞれ手分けして、下女の帯や所持品を分かち持ち、国元へと帰っていった。

帰国後、同行《どうぎょう》の者たちはさっそく小浜の人々に委細《いさい》を触《ふ》れてまわった。聞いた者はみな心底驚いた。そして以前にもまして、ひさのことが哀《あわ》れに思われてならなかった。

ひさの死に際《さい》し何もできずに手をこまぬいていた庄吉も、この話を聞いては、もう居ても立ってもいられなくなった。住まいも仕事も万事《ばんじ》をうち捨て、墨染《すみぞ》めの衣《ころも》を身にまとい、出家を思い立たずにはいられなかった。ひさの菩提《ぼだい》を弔ってやらねばと、無我夢中《むがむちゅう》になって、ひさの流れついた秋篠の里へと飛んでいった。

「あの……もし、そこのお坊さま、何かお探しものでも……」

「ええっ、はぁ……」

「先ほどから、ここを行ったり来たりなさりながら、何か探しておられるご様子……」

「はあ、じつは塚を探しております。このあたりに、塚はございませんでしょうか」

「塚……」

「ええ、塚といってもほんのささやかな……、つい先ごろのことなのですが、若狭の若い女を、このあたりに葬ったと聞き、尋ねてまいったのですが……」

「はあ、はあ、先月のお水取りのころの……、あの……若狭から水脈をつたって流れついたという……。まったく不思議なことがあったもので……。ええ、あの女性の塚なら、はい、こちら、こちらでございますよ。ほら、そこに……」

「オオゥー」

「まことに不思議なことですな。だが、知り合いの方々と遭遇《そうぐう》できたというのは、これは善光寺さまのお導きでありましたでしょうかな……」

「ほんに……」

庄吉は、村人たちが塚のしるしにと植えた笹《ささ》の片陰《かたかげ》で、手を合わせた。そうして、ひさに向かいまるで聞かせるかのように、一人、これまでのことを残らず語りかけていった。

……いつの間にか、とっぷりと日も暮れ果てていた。庄吉は、覚えず墓前で眠気《ねむけ》を催《もよお》しはじめていた。

そのときのことだ——。

庄吉がまだ眠《ねむ》りに落ち入ってしまわぬ間際《まぎわ》のことである。罪人を乗せ地獄《じごく》に運ぶという火車《かしゃ》が、燃えさかりながら、庄吉の方に飛んで来た。火車には、二人の女が乗っていた。見ると、一人は、まさしく伝助の女房。そして、もう一人の女は、伝助の女房を押さえつけ、真っ赤な焼き金《がね》をあてていた。まぎれもなくそれは、庄吉がこの年月睦《むつ》み合ってきた、ひさであった。

「あっ、おひさ！　おひさ！……」

その姿は、以前のひさのままであった。……と思うと、

「今こそ、恨《うら》みを晴らしたぞ」

と、ひさのさけぶような声が聞こえた。が、その声が聞こえたとたん、二人の女の姿は一《いっ》瞬《しゅん》に消え去り、声だけが庄吉の耳に残った。

庄吉がひさの報復を目にしたその日は、三月十一日のことであった。その同じ日の同じ時刻に、若狭小浜において、アッと一声、さけぶ声が聞こえたという。その声の主は、即《そく》座《ざ》に絶命したということであった。

コラム

今も生きつづける神事伝承

小浜の海

春を告げる東大寺《とうだいじ》二月堂《にがつどう》の〈お水取《みずと》り〉は有名ですが、そのお水（御香水《ごこうずい》）を送り出す、若狭小浜《わかさおばま》の〈お水送り〉の方はあまり意識されていないかもしれません。一般《いっぱん》には天平勝宝《てんぴょうしょうほう》四年（七五二）から始まったとされる古い神事で、鯖《さば》街道筋の鵜《う》の瀬《せ》から御香水が遠敷川《おにゅうがわ》にそそがれます。それが川底の穴を通《とお》り抜《ぬ》け、遠く奈良にまで辿《たど》り着《つ》くという神事《しんじ》です。この話は、その伝承を利用し、人までもが流れ着いたとして、驚《おどろ》きとともに伝承の不可思議さを改めて感じさせています。

小浜「神宮寺」の「閼伽井」

鵜の瀬は、東大寺の開祖・良弁《ろうべん》の生まれ故郷であり（諸説の一）、この神事のなりたちを感じさせますが、同時に若狭は、奈良時代以前から都に塩や魚介《ぎょかい》類を送り届けた「御食国《みけつくに》」でもあって、この二つの土地の間には強いつながりがあります。また若狭は、聖徳太子《しょうとくたいし》の妃「菩岐々美郎女《ほききみのいらつめ》」の一族「膳臣《かしわでのおみ》」が国造《くにのみやつこ》として管轄《かんかつ》した土地でもありました。本話に、善光寺《ぜんこうじ》が登場してくるのも、その聖徳太子と関係があるのかもしれません。『聖徳太子伝』（寛文《かんぶん》六年刊）には、冥界《みょうかい》の獄卒《ごくそつ》の笞《むち》によって顔を血だらけにした皇極《こうぎょく》天皇が、如来《にょらい》を信州信濃《しんしゅうしなの》にお連れした本田善光《よしみつ》の嫡男善佐《よしすけ》によって命を救われるという話が収められています（巻三「善光寺如来之事」）。

ところで本話は、正保《しょうほう》元年つまり江戸《えど》時代が始

四天王寺の石仏

善光寺の石仏

まって四十年ほど経過した比較的《ひかくてき》近時の出来事として語られています。商売も上手《うま》くいき裕福《ゆうふく》な暮らしが営めているのに奉公人《ほうこうにん》にとても厳しく当たる女主人などは、おそらく当時の読者にとって、かなりリアルに響《ひび》くものがあったのではないでしょうか。一見現実離《げんじつばな》れした話の中に、極《きわ》めて生々しい人間関係の葛藤《かっとう》が同時に織《お》り込《こ》まれているわけでもあります

(因《ちな》みに、二月堂を見下ろす鬼門《きもん》(東北)の位置には遠敷《おにゅう》神社の祠《ほこら》が祀《まつ》られており、その前の坂道を更にほんのわずか登ると、台座石に「善光寺」「四天王寺」とそれぞれ刻まれた石仏が道沿いに見られ目を引きます)。

「良弁和尚生誕之地」
(鵜の瀬・下根来)

2 紫織《しおり》という女

原話・『西鶴諸国はなし』巻三の四「紫女」

訳・鈴木千惠子

筑前《ちくぜん》の国（現在の福岡県）、袖《そで》の湊《みなと》という所は、昔から和歌に詠《よ》まれた歌枕《うたまくら》である。式子内《しきしない》親王《しんのう》や藤原定家《ふじわらのていか》も詠《よ》んでいる。『伊勢物語《いせものがたり》』には、

思ほえず袖にみなとのさわぐかなもろこし舟《ふね》の寄りしばかりに
（思いがけないお便りに　わたしの袖は涙《なみだ》に濡《ぬ》れています　もろこし船の寄った港に　波がざわざわ騒《さわ》ぐように）

と歌われたが、今は人家が建ち並んで、魚商《あきな》いの店が続いている。

そんな磯《いそ》の魚くさい風を嫌《きら》い、常に精進《しょうじん》して身を固く慎《つつし》んで、仏道のありがたさに思い入れている伊織《いおり》という男がいた。もう三十歳《さい》になるのに妻も持たず、世間に対しては武士としてふるまっていたが、内心では出家したような心持ちでいた。

町中の住居を離《はな》れて、年を経た松柏《しょうはく》がまるで深山《みやま》のように感じられる場所に一間《けん》（約一・八メートル）四方の庵《いおり》を構え、定家机に寄りかかり、『古今集《こきんしゅう》』から『新続《しんしょく》古今集』までの二十一代集を、毎日毎日写していた。

ある冬の初めのこと。定家卿《ていかきょう》の愛した時雨《しぐれ》の亭《ちん》もこのような風情《ふぜい》であったのだろうかと古に思いを馳《は》せていると、もの寂《さび》しい突上《つきあ》げ窓から、やさしい声で、「伊織さま」と呼ぶものがいる。女が来るような所ではないので、不思議に思って、その様子をまじまじと見た。娘《むすめ》らしいまだ脇《わき》のあいた着物の色は、紫《むらさき》一色。結《ゆ》い上《あ》げずにさばいた髪《かみ》の真ん中を金元結《きんもっとい》でむすんでいる。化粧《けしょう》っ気のないたとえようもなく美しい女だった。伊織は、長年の仏道への志も忘れ、ただ夢の中の人を見るように、心を奪《うば》われてしまった。

「私は紫織《しおり》。伊織さまのお名前と似ていますね」

女は袖から京羽子板《きょうはごいた》を取り出して、一人で羽根を突《つ》き始めた。

「ひ《一》とこ、ふ《二》たご、み《三》わたし、よ《四》めご……」

「それは嫁突《よめつき》という遊びであるか」

と聞くと、

「男の人に抱《だ》かれたこともない私を、嫁などとは呼ばないで」

と、躙《にじ》り口から柔《やわ》らかい体を押《お》し込《こ》むようにして、入ってきた。そして

「触ったら、つねってやる」

と言って、しどけなく体を横たえた。

帯ははらりと自然にほどけたようでもあり、意志を持ってほどけたようでもある。乱れた裾《すそ》から紅《くれない》の腰巻《こしまき》が見えた。男を知らないはずの女は、誘《さそ》うような目になって、

「枕《まくら》がほしい。枕がないんだったら、膝枕《ひざまくら》をして。ねえ、だれも見ていないから。こんなに夜遅《よるおそ》くなんだから」

と言う。腰巻の鮮やかな紅のさらに奥から、真っ白なふくら脛《はぎ》が見えた。小さな足の親指は大きく反《そ》っている。伊織はたまらなくなって、どこのどういうお方なのかも知らないまま、若さにまかせて関係を結んでしまった。

二人の夜はあっという間に過ぎ、

「さようなら」

とだけ言い残して女は幻《まぼろし》のように去っていった。腕《うで》の中にいる大切な宝が消えてしまうようで、別れはたまらなく悲しかった。

だが、女は次の日もやって来た。それからは毎晩毎晩、来ては寝《ね》、来ては寝た。伊織はそれを待ち兼《か》ねた。

「ねえ、このことは誰《だれ》にも話さないでくださいね」

と女はいつも言う。なんとも謎《なぞ》めいた女だった。

ところが、二十日もたたないうちに、伊織は自分では気づかなかったのだけれど、すっかりやせ細っていった。

伊織には、懇意《こんい》にしている道庵《どうあん》という医者がいた。不審《ふしん》に思って脈を取ってみると、一目見て思ったとおり、腎虚《じんきょ》という過度の情交による病であった。

「お前の命は長くはない」

道庵は自分の見立てに自信があったが、日ごろは慎《つつし》み深《ぶか》い伊織のことだけに合点がいかない。

「さては隠《かく》している女がおるのか」

と尋《たず》ねると、

「いえいえ、そのような……」

と、否定はするが明らかに動揺《どうよう》している。

「わしに知らせないのはどういうわけだ。このままでは、お前は今日明日の命。ふだん親しくしていながら、友を見捨てて殺したと世間でうわさされるのも迷惑《めいわく》。今まで築いてきた評判に傷がつく。これからは、この家の敷居《しきい》は二度とまたがぬ」

と道庵は席を立った。

伊織は、この世にたった一人で取り残されるような気持がした。

「待ってください。すべてお話しします」

そして、女に声をかけられてからのいきさつを語った。

道庵はしばらく考えてから告げた。

「これはおそらく伝説の、紫女《むらさきおんな》というものじゃ。その正体は化けるほどに年を経た狐《きつね》であるとも言われておる。お前はそれに魅入《みい》られたのじゃ。紫女は愛欲に耽《ふけ》り、男の精気を吸い取ろうとする。血を吸い取られ、命を取られた者もおる。ともかくその女を斬《き》り殺さねばならぬ。そうせねば、この禍《わざわい》はやむことがない。またお前が助かる方法もない」

これが道庵のアドバイスであった。

伊織の頭の中は真っ白になった。毎晩通ってくる縁《えん》もゆかりもない美しい娘に溺《おぼ》れてしまった。それがこんなに恐ろしいことだったとは。そして、もはや今宵《こよい》あの化生《けしょう》の女を討《う》つしかないのか、とぼんやりと考えた。

その夜、伊織は待った。それは、昨夜までの心をときめかせての待ち遠しさとは、全く違《ちが》う気持ちだった。女が来なければいいとも思った。

しかし、女は現れた。いつもの紫の着物の袖を顔に押し当《あ》てながら。

「愛していると言ってくださったのに。私を殺そうとするなんて……」

すがろうとするところを、伊織が刀を抜いて狂ったように何度も斬りつけると、女は外へ逃《に》げていく。女の姿は美しいままどんどん薄くなってゆく。

消えてしまいそうなその面影《おもかげ》を何とか留《とど》めたいと、伊織は無我夢中《むがむちゅう》で慕《した》った。橘山《たちばなやま》のはるか奥《おく》まで足を傷だらけにしながら追いかけてゆくと、女は木深い洞穴《どうけつ》の中に入っていってしまった。それを見とどけた伊織は、やはり恐《おそ》ろしくなって引き返した。

その後も女の伊織への執着《しゅうちゃく》は止《や》むことがなかった。以前とは違うあさましい化生の姿で現れるようになったのだ。それは袖の湊の住民をも巻《ま》き込んだ騒ぎとなり、とうとう、国中の僧《そう》を集めて、供養《くよう》することとなった。華麗《かれい》な袈裟《けさ》をまとった者、墨染《すみぞ》めの衣《ころも》をまとった者、いずれも名のある高僧たちではあったが、中には化生の姿の恐ろしさのあまり地に

ひれ伏《ふ》してしまう者もいた。それでもみなで一心に祈《いの》ると、その姿は数珠《じゅず》を手にして今度こそ本当に消えていった。

伊織は危《あや》うい命を取りとめ、病もようやく治まった。それでもときどき、一時はたしかに愛した女の名をそっと呟《つぶや》いてみることがある。

「紫織……」。

コラム

異類《いるい》との結婚《けっこん》

このお話のもとにした『西鶴諸国《さいかくしょこく》ばなし』の一話の題名は「紫女《むらさきおんな》」です。江戸《えど》時代の字引きには、狐《きつね》のことを「紫」と呼ぶという記述が見えます。「紫女」は、風流な男と狐（の妖怪《ようかい》）との恋愛《れんあい》物語として書かれていると言ってよいでしょう。

陰陽師《おんみょうじ》として有名な安倍晴明《あべのせいめい》も、安倍保名《やすな》という男と白狐《びゃっこ》の「葛《くず》の葉」との間に生まれた子であるという伝説があります。葛の葉という女は自分の正体が明らかになってしまったとき、「恋《こい》しくば尋《たず》ね来て見よ和泉《いづみ》なる信太《しのだ》の森のうらみ葛の葉」の歌を残して帰ってゆきます。

このように人間と人間以外の存在（動物や妖怪）が結ばれる話を、異類婚姻譚《こんいんたん》と言います。異類婚姻譚のバリエーションには、風流な男が異類の美しい女に魅入《みい》られる。女と男は契《ちぎ》りを交《かわ》す。女は妖怪である、と告げる者が現れる。教えに従い、妖怪から逃《のが》れることとす

安倍晴明像（仮）

る。男は命をとりとめる（あるいは死ぬ）。妖怪の魂《たましい》は鎮《しず》められる、というモチーフが多く見られます。この話もその一つなのです。

興味を持たれた方には、近世の怪異《かいい》小説の傑作《けっさく》『雨月《うげつ》物語』の中の「蛇性《じゃせい》の淫《いん》」をお勧めします。雅《みや》びなことを好む世間知らずの豊《とよ》雄《お》という若者と、白蛇《しろへび》の化身《けしん》の「真女児《まなご》」という女を巡《めぐ》る物語です。

3 不運な女

原話・『西鶴諸国はなし』巻五の六「身を捨てて油壺」

訳・有働　裕

おや、日も傾《かたむ》いてきたのに、まだ歩かれるかい。この街道《かいどう》を先の村まで？　気をつけなさいよ、なにしろこのあたりは、大変なものがでるからな。

かなり昔の話になってしまって、近ごろでは知っている人も少なくなったが、やはりお聞かせしようか。命拾いするかもしれないからね。

ことの起こりは……。うん、一人で年老いていくほど世の中で悲しいことはないとでもいうか、まあ、そんなところかな。

奈良へ向ってこの街道を行くと、枚岡《ひらおか》の里（現在の東大阪市東部）があるだろう。そうそう、生駒山《いこま》のふもと近くだね。そこの由緒《ゆいしょ》ある家に、評判の美しい娘《むすめ》がいた。まったく、油壺《あぶらつぼ》から出てきたような艶《つや》っぽい女っていうのは、こんなのをいうんだな。「山家《やまが》の花」なんて、土地の唄《うた》にも歌われるほどだったからね。あたりまえのことだが、近在の若い男たちがほおってはおかない。何人も言い寄ってきたわけだ。そして、その中から、人柄《ひとがら》も財産もとりわけ立派な男とめでたく祝言《しゅうげん》を挙げた。

そこまではよかったが、どういうわけだが、その相手の男は、半年もたたないうちにやせ細って死んでしまってね。

そりゃ、いったい何の因果《いんが》かと両家ともに悲しんだよ。とはいえ、あの美しさだ。花婿《はなむこ》候補はいくらでもいる。だから、すぐに次の男と婚礼《こんれい》を、ということになるのだが、これまた不思議なことに、一緒《いっしょ》になるとたちまち病気になり、まるで泡雪《あわゆき》が溶《と》けてしまうように亡《な》くなる。

そんなことを繰《く》り返《かえ》していくうちに、なんと十八番目の亭主《ていしゅ》まであの世に行ってしまってね。

こうなったら、あんなに熱心に言い寄ってきた里の男たちも、気味が悪いといって近寄らなくなる。だけど、その時分の娘の歳《とし》はまだ十八ほどだった。

それから長い年月、女は独り身を通すことになってね。不運が家族にもとりついたのかねえ、そのうちに両親や兄弟も死に絶え、家も財産もすっかりなくなってしまった。

そしてとうとう八十八歳、本当ならお祝いでもしてもらえる米寿《べいじゅ》の歳に、あんなことになろうとは、皮肉なものだねえ……。そのころには、若い時の面影《おもかげ》なんて微塵《みじん》もないよ。髪《かみ》の毛《け》は真っ白、顔も醜《みに》くなってしまって。

もうそうなったら生きていても……と思うかな。ところが不思議なもので、人間というのはそう簡単には死ねないものなんでね。どこからか木綿《もめん》糸をつむぐ仕事をもらってきては、夜遅《よるおそ》くまで働いて暮らしをたてていたよ。知っての通り、このあたりは河内《かわち》木綿で知られているからね。ただ、それでも、ますます貧しくなるばかり。夜《よ》なべ仕事に使う、ともし火の油を買う金さえなくなった。

これでは糸つむぎのわずかな代金さえかせげない。貧《ひん》すれば鈍《どん》するというのは、こういうことをいうのかね。しかたなく、毎夜毎夜、枚岡神社の神前の灯明《とうみょう》の油を盗《ぬす》むようになってしまったそうだ。

そんなことが続くと、のんきな枚岡神社の神主《かんぬし》たちでも、不審《ふしん》に思わないはずはない。どうしようかと相談をした。

「このところ毎晩のように、神前のお灯明が、いつのまにか消えていることにお気づきでしょう。変だなと思って調べてみると、いつの間にか油がなくなっているのです。まるで犬か獣《けもの》が舐《な》めてしまったように一滴《てき》残らず。やれやれ、また油さしを持って注《そそ》ぎにいくはめになってしまって……」

と一人の神主が嘆《なげ》く。すると、

「このままにしておくわけにはいきませんぞ。この河内の国一の宮の灯明を夜通し灯《とも》すのは、われわれの責任。いったいなにやつが油を盗んでいるのやら、今晩その正体をあばいてやりましょうぞ」

と意気まく神主もいる。

そんなわけで、神主たちは弓や長刀《なぎなた》を手にし、その晩は神社のあちこちに潜《ひそ》んで、様子をうかがうことになったわけだ。

宵《よい》の口は何ごともなかったが、人々がすっかり寝静《ねしず》まった真夜中になったころ、何やら黒い影《かげ》が灯明のひとつに近づいてきた。と思うと、すっともし火が消えてしまう。そしてその影は、そのとなりの灯明に近づいていく。かすかな明かりに照らし出されたその姿は、どう見ても山姥《やまうば》だ。

あまりの気味悪さにみんな震《ふる》えあがってしまったのだが、こんな神主たちの中にも一人くらいは気の強い男がいるものだ。しかも、弓の名人だった。先が、かりまたになった矢を力いっぱい引《ひ》き絞《しぼ》り、その影の細い首をめがけて放った。

「見事だ！　首が落ちたぞ！」

誰《だれ》かがそういった瞬間《しゅんかん》、胴《どう》から切《き》り離《はな》された老婆の首は、火をふきながら高く高く舞《ま》い上《あ》がり、どこかへ飛び去ってしまった。もちろん、神主たちはみな、恐《おそ》ろしくなって逃《に》げてしまったよ。

夜が明けてから神主たちは、

「いったいあれは何者だったんだ？」

と恐る恐るその遺体を調べはじめた。そして、これは山姥などではなく、村に住んでいた醜い老婆であることに気がついたというわけだ。このことは、すぐに里人《さとびと》たちにも伝わる。

「あの婆《ばあ》さん、神社の灯明の油を夜な夜な盗んでいたそうだ」

と、うわさし合ってね……。

いやはや、人間というのは冷たいものだよ。若いころはあれほどちやほやされていた、この女の哀《あわ》れな最期《さいご》を、誰一人として悲しまなかったというからな。

恐ろしいのは、それから後のことだ。この牧岡の里のあたりに、出るようになったんだよ。例の首が……。

それも、口から火を吹《ふ》きながら、ものすごい速さで追《お》いかけてくる。街道を歩く旅の者が何人も襲《おそ》われたよ。もちろん必死に逃げようとするけど、あっという間に追い越《こ》されてしまう。そして、追い越された者は、どいつもこいつも三年以内に死んでしまう。どうだ、それでもまだ歩いて行くかい？

そうかい、わからない人だね……。

それじゃいいことを教えてあげよう。最初に話した命拾いのことだよ。もし例の首が近寄ってきたら、いいかい、

「油さし！」

とひとこと唱えることだ。そうすると、老婆の首はたちまち消えてしまうよ。

まあ、くれぐれも気をつけてな……。

コラム

「油さし」と「ポマード」

大阪なんば駅から近鉄電車に乗れば、約三十分で枚岡駅《ひらおか》に着きます。改札を出てから地下道を通って駅の反対側に出ると、そこはもう枚岡神社に向かう急な石段の参道です。山の斜面《しゃめん》をはいのぼるように建てられた社殿《しゃでん》には、規模は大きくはないものの、古い歴史を感じさせるだけの威厳《いげん》があります。

そして、その社殿を囲むうっそうとした森。日没後《にちぼつ》は、あたりは深い闇に包まれます。その中を灯明《とうみょう》へ近づく怪《あや》しい影《かげ》。一つずつ消えていくともし火。ほのかに照らし出された老婆の姿を見た者は、誰《だれ》でも背筋が寒くなったはずです。

老婆がかかえていた、底なしの寂しさと苦しさ。誰一人として同情してくれなかったことと恨《うら》んで、老婆の首は里人《さとびと》を悩ませるようになったものと思われます。とはいうものの、「油さし」の一言で首は本当に逃《に》げていったのでしょうか。本当だとすれば、どんな理由から

現在の平岡神社本殿

でしょうか。いろいろと想像してみることができます。

一九八〇年ごろから日本中に広まった「口《くち》裂《さ》け女」という都市伝説をご存じの方は多いでしょう。この女に出会った時に、「ポマード」といえば逃げていってしまう、という話も知られています。なぜ「ポマード」なのか。これについても、さまざまな説明があるようです。

それにしても、灯油と整髪《せいはつ》料の違いはあるものの、いずれも「油」というところに何か因縁《いんねん》めいたものが感じられはしませんか。

4

闇《やみ》からの手紙

原話・『万の文反古』巻三の三「代筆は浮世の闇」

訳・南　陽子

カァアーーン……

あれは、北へ帰る雁《かり》の声だ。もう春なのか――

遠い昔の故郷の日々が、まぶたに浮《う》かんだ気がした。

この手紙を代筆していただいたお坊《ぼう》さまは、妙心寺《みょうしんじ》（京都市右京区《うきょうく》にある臨済宗《りんざいしゅう》の寺）の末寺《まつじ》に長くお勤めで、聞けば私の昔の女房《にょうぼう》にご縁《えん》のあるかただとか。縁というのは不思議なものだね。ありがたい、もし生まれ変わったら……なんて、考えてしまったよ。

お坊さまが故郷の新潟までお帰りだと聞いて、幸い、この手紙をお前に届けていただけたのだ。旅の途中《とちゅう》でお疲れだからお前の草庵《そうあん》に一泊《ぱく》していただき、お坊さまの説法《せっぽう》をよく聞いて、人生の覚悟《かくご》をお決めなさい。

兄弟に生まれたからには、変わらず親しくするのは当然のこと。だのに私は女房の悪口を真《ま》に受け、たった一人の弟のお前を、京の都から追い出してしまった。出家したお前が、今までどれだけの苦労を味わってきたか、本当に申し訳なく思っている。

……けどさ、今となっては、それで良かっただろ？　人はみな死ぬんだ、お前も父さん母さんを毎日供養《くよう》してさ、立派な息子《むすこ》だよ。それにしても女ってのは、ほんと浅はかなもんだ。つべこべ言ってたうちの女房も、四、五年前にくたばったことだし、もう恨みっこなしで行こうぜ。

——なぁ、今まで隠《かく》してた話、この際だから聞いてくれ。因果《いんが》は巡《めぐ》るって、ほんとだよ。

うちは京都三条《さんじょう》通りの古い店で、酒を売ってもうけていたが、お前が出ていったあと紙の商売もはじめてね。結構かせいでいたんだ。なんの不自由もない暮らしだったが、軒《のき》の低い、七十年物のこのボロ家だけが、どうにも気に入らない。近くひともうけして好きなように建て直し、衣食住の楽しみを満喫《まんきつ》してやろうと思ってたんだ。

ちょうどそのころのことだ。大名の買い物の使いでね、一人の侍《さむらい》が、何か公《おおやけ》の文書《ぶんしょ》にでも使うのだろう、うちに奉書紙《ほうしょがみ》を買いに来た。三百枚売って代金を受け取り、帰りぎわに芝居《しばい》の話なんかしたんだが、その侍はあとに財布《さいふ》を忘れていったんだ。

手にとってみると、財布はしっとり重い。

浅ましい欲が頭をもたげた。私はその袋《ふくろ》を店の奥深《おくふか》くに隠してしまったんだ。そのまま知らぬ顔でいると、例の侍が急《いそ》いで戻《もど》って来る。

「さきほど、ここに金の袋を忘れて行ったろう。それをくだされ。」

「いえ、なにもございませんでしたよ。」

「しかし、ここに置き忘れたに相違《そうい》ない。中には小判が百八十三両、一歩金《いちぶきん》が二十四、五。銀が六十目《め》ほど入っておる（合計すると現在の一千万円を超える額になる）。これはもとより拙者《せっしゃ》の金ではござらぬ。すべて主人の使いで預かり申した金、失《な》くしたでは武士の面目《めんもく》が立ちませぬ。このとおりでござる、是が非でもお返しくだされ！　拙者、このご恩は決して、決して忘れませせぬゆえ！」

侍は歯を食いしばり、武士の身分にもかかわらず、たかが町人の私に手をつき頭を下げ、さまざまに詫《わ》び申される。私は動じず突《つ》き返《かえ》し、逆に言いがかりのように侍をあしらった。侍はやむなく帰ったが、しばらくしてまた戻って来る。見ると、手にはカラスを一羽、生きたまま持っているではないか。

「おのれ貴様、隠し通すからには覚悟せよ！」

言いながら、侍は刀でカラスの両眼を掘《ほ》り出し、えぐった眼を私に投げつけたのだ。侍は、そうして帰って行った。

私は近所で悪いうわさが立つのもかまわず、知らぬふりを通していた。すると四、五日して、その侍は東山《ひがしやま》のふもとの黒谷《くろたに》の奥で自ら腹を切り、命を絶ってしまったのだ。

――この話を聞いて、周囲は何となく私と付き合わなくなってね。商売もやりづらくなった私は家屋敷《やしき》を売り払《はら》い、嵯峨《さが》の知人のつてで眺《なが》めの良いところに庵《いおり》を持った。ここでせめてあの侍に念仏をあげればこの恐怖《きょうふ》もおさまるだろうと、髪《かみ》を剃《そ》り、墨衣《すみごろも》を着て山で出家生活を始めたんだ。子供がいないと、こんなときに気楽だね。さあ、仏の道に入ろうという、そのころだった。日の沈《しず》む西の岡の庵で、ある夜のこと。

「我々は京のならず者だ！」

そう名乗る奴《やつ》らが――なぜここを知っていたのだろう？――庵を荒らして、私の一生分の財産を残らず盗《ぬす》んでいってしまったのだ。今日食べる金すらなくなった私は、それから托鉢《たくはつ》で施《ほどこ》しの米を集め、どうにか命をつなぐはめになった。

ひどいだろ？　こんなみじめな人生ってあるかい？　生きるのが嫌《いや》になった私は、いっそ死んで来世に賭《か》けようと思ってね……。

ある晩、嵯峨野《さがの》の広沢《ひろさわ》の池に行き、西方浄土《さいほうじょうど》に近い西の岸を歩いていた。身投げするのにちょうどいい、深い場所を探していたんだ。

するとそのとき、あの侍が私の眼の前に現れた。次の瞬間《しゅんかん》、松のかげから飛びかかり、私の胸を苦しく締《し》めつけながら侍は言う。

「おのれ、この憎《にく》きやつ！　死んで済むなどと思うなよ、拙者の怨《うら》み、お前に永遠、生き恥《はじ》見せてくれるわ！」

どうやって帰ったのだろう、無我夢中《むがむちゅう》で自分の庵に戻った私は、しばらくただ呆然《ぼうぜん》として過ごした。その三日後のこと。

明け方に舌を食い切って死のうと起きると、あの侍の幻《まぼろし》が私の頭をぐいと押《お》さえる。

「何度死のうとしても無駄《むだ》だ、お前に自殺はさせぬぞ。俺《おれ》が復讐《ふくしゅう》の鬼となり、お前を火の車で地獄《じごく》へ連れて行ってくれるわ、それまで待っておれ！」

侍の声が響《ひび》き渡《わた》った。

助けてくれ、何てことだ？　悲しさで、私の骨は今に砕《くだ》けてしまう！

それから私は、あらゆる手段で死のうとした。自分の命を自分の好きに捨てられないなんて、そんなひどい話、聞いたことがあるか？　なぜ俺は、あんな悪事を働いた？　だってなぁ、まさか死んじまうなんて、誰が思う？　後悔《こうかい》しても、もう手遅《ておく》れなのか？

自分の馬鹿《ばか》さ加減に怒《いか》りで身が燃える、こんな生き地獄を味わうなら、いっそ本物の餓《が》鬼道《きどう》（悪行を重ねた死者が落ちる、飢《う》えと渇《かわ》きに常に苦しむ世界）に落ちるのも同じこと。絶食して死のうとしたが、やはり死ぬことはできなかった。

この話を会う人みなに聞いてもらい、私は懺悔《ざんげ》に明け暮れた。流す涙《なみだ》が血の色になったころ、夕暮れどきのカラスの声が、ひとつ寂《さび》しく聞こえた。

ガァアーー……

と、そのとき、カラスが宿の中に飛び込み、襲《おそ》いかかるや否《いな》や、鋭《するど》いくちばしで私の両眼をえぐり出したのだ。

――それ以来、私は闇《やみ》の中を生きている。

いつも見ていた嵐山《あらしやま》の白い山桜も、高尾《たかお》の美しい赤い紅葉も、月の光も雪の輝《かがや》きも、私はそれ以来見ていない。ただ昔のまま、小倉《おぐら》山に鳴く鹿《しか》の恋《こい》しげな声や、清滝《きよたき》の水が岩に砕ける音、栂尾《とがのお》に吹《ふ》く松風だけが、この耳に聞こえてくる。

あとは静かなもので、今となっては京の友人もここにはやって来ない。もう飯を炊《た》くたき木すら買えなくてね……。山から帰る子供にあれこれ楽しい歌を歌ってやって採った果物を分けてもらい、山の湧水《わき》を手で飲んで生きてるよ。明日は一体どうなるのか、わかったものじゃない。

このお坊さまだけだ。かつて町で住んでいたころから今までずっと、私を見捨てなかったのは。お坊さまは私に因果の道理というものをお話しくださった。私は自分がしたことの、当然の報《むく》いを受けているのだ。

なぁ、私とお前は兄弟なんだから、私が死んだあかつきには、必ず念仏をあげておくれ。言われのない他人の金を隠し、お侍を死なせてしまったこと、今では心底、後悔している。死のうにも死ねない、この暗闇の世界を私は今日も生きているのだ。

三月末日

京　嵯峨野にて
自心より

越前　武生《たけふ》
浄行坊《じょうぎょうぼう》さまへ

　この手紙を読んでみると、男は人の道に外れて財布を盗み、人を死なせてしまった報いを受けたものらしい。この手紙は、武生（現在の福井県越前市）にいる出家した弟に、その経《けい》緯《い》を何もかもさらけ出し、人に頼んで届けたもののようである。

呪《のろ》われた男の声

ある日、兄から預かったという一通の手紙が届く。長く音信不通だった兄、私を追放した兄が、今さら何の用だ？ ——弟は、そう思ったはずです。

何の罪も犯《おか》したことのない人間など、この世にはいないでしょう。バレなければいい、捕《つか》まらなければ勝ち。それが現代の論理かもしれません。しかし人間を裁くものは、必ずしも人間だけとは限らないのです。

侍《さむらい》の財布《さいふ》を盗《ぬす》み自殺に追《お》い込《こ》んだ男は、その代償《だいしょう》として「死のうとしても死ぬことができない呪い」をかけられました。死んだ侍の怨念《おんねん》が、どこまでも男を追いかけてきます。悪事には必ず天罰《てんばつ》が下るという因果律《いんがりつ》は、とうとう男から両眼までをも奪《うば》ってしまいました。嵐山《あらしやま》、高尾《たかお》、栂尾《とがのお》、小倉山《おぐらやま》といった、古く歌人が愛した紅葉の名所にいながら、暗《くら》闇《やみ》をさまよい続ける日々。郷愁《きょうしゅう》、懺悔《ざんげ》、欲望、怒《いか》り、悲しみ、後悔《こうかい》、そして「死なせて

京都、嵯峨野の広沢の池。身投げを図る男の前に、侍の幽霊が現れる。

くれ」という男の悲鳴が、手紙の中には渦巻《うずま》いています。

身勝手でない人間など、この世にはいません。自分が死んだら供養《くよう》してくれという、どこまでも身勝手な兄。人間という名の化け物。この手紙には怪異《かいい》の世界を通して、むき出しの人間のエゴが描かれています。

男は、いつになったら死ねるのか。つぶれた眼から血を流し、永遠に終わらない生き地《じ》獄《ごく》を、男は今もさまよっているのかもしれません。

5

闇金《やみきん》！ 長崎屋伝九郎《ながさきやでんくろう》

原話・『本朝二十不孝』巻一の一「今の都も世は借物」

訳・染谷智幸

世の中の商売ってもんは、ほんにさまざまですなぁ。まずは京都を見渡《みわた》しておくれやす。え、どこから見たら良いやろか？　そらぁこの時代、京都タワーはないし、やっぱり清水《きよみず》さんの西門ってことやろなぁ。え、スカイツリー？　そらぁ東京、いやお江戸《えど》ですなぁ(笑)。

そこから見渡したら、家々の軒《のき》がずらっと並んでて、その中でも内蔵《うちぐら》（貴重品用の蔵）がお陽《ひ》さんに輝《かがや》いてる様子は、夏やいうのに雪のあけぼのと見間違《みまちが》うほどですなぁ。これこそが今の世の豊かさ、ほんでそれをお作りにならはった徳川松平《とくがわまつだいら》はんの御政道《ごせいどう》の正しさ、その証《あか》しやってわけやねぇ。その松の木は風に揺《ゆ》らされることなく、遠い空を鶴《つる》がゆらゆらと舞《ま》わはります。ほんに絵に描いたような平和な景色やと申しますかねぇ。

まぁ、おかげさんで京の町はバブルへ向けてまっしぐら、家数九万八千軒《けん》と言《ゆ》うたのも信長《のぶなが》さんの時代のこと、かの太閤秀吉《たいこうひでよし》さんが洛中洛外《らくちゅうらくがい》の区別をつけるのに作らはった土手の竹藪《たけやぶ》も超《こ》えて、町並みはきつう広がったし。

ここの住人たちも、もちろんそれぞれに商売をして懸命《けんめい》に生きたはります。「千軒あったら友過ぎ」のことわざの通り、千人もいたらお互《たが》いに売り買いして自然《おのず》と暮らしが成り立つというし、この都でどんな職業《しごと》をしても生きて行けへんわけがあらしません。

その中でちょっと珍《めずら》しい仕事を挙げてみましょ。

・五条《ごじょう》の橋の上で牛若丸《うしわかまる》と渡《わた》り合《あ》った弁慶《べんけい》の七つ道具を、紙幟《かみのぼり》に一年中書いている人

・夜の道を「夜泣きを引き起こす疳《かん》の虫をほじくり出しますえ」とわめきながら、親たちに呼《よ》び掛《か》けている人

おっと忘れてたけど、参考にそれでいくら儲《もう》かるかも書いてみましょかぁ。

・鉋《かんな》を持って「真名板《まないた》を削《けず》りますえ」と言いながら歩きまわる人↓真名板の大小に限らず削り代銭《ぜに》三文《もん》（現在の約六十円）

・念仏講《ねんぶつこう》（念仏修行をする信者の集まり）の折、必需品《ひつじゅ》の花瓶《かびん》・燭台《しょくだい》・香炉《こうろ》に敲《たた》き鉦《かね》を付けて貸す人↓一夜銭十二文（約二百四十円）

・産気づいた妊婦《にんぷ》の産屋《うぶや》の依《よ》りかかり台に大枕《おおまくら》まで添《そ》え貸す人↓七夜を銀七分（約九百三十円）

・餅《もち》を搗《つ》く道具を貸す人↓蒸籠《むしこ》を昼間は三分（約四百円）、夜なら二分（約二百七十円）
・大溝《おおみぞ》の掃除《そうじ》をする人↓熊手《くまで》、竹箒《たけほうき》、塵籠《ちりかご》まで持参して、一間《けん》の広さ（畳二畳分）を一文（約二十円）
・木の剪定《せんてい》をする人↓木鋏《きはさみ》での剪定は木の大きさに関係なく銀五分（約六百六十円）接《つ》ぎ木一枝なら一分（約百三十円）ずつ。

あとは、ちょっとした大工仕事は六分（約百二十円）で、行水《ぎょうずい》用のお湯を沸かして、一盥《たらい》分を運ぶのも六分、夏の簾貸《すだれかし》の貸し賃は……と、こうしてみたら、勘定《かんじょう》高い京都人の心が透《す》けて見えるから面白ろおすなぁ。やっぱり節約が世帯を維持《いじ》する秘訣《ひけつ》なんやろなぁ。なあにもせえへんかったら別やけどアンタはん、とにかく手足を動かしたら何とか人並の生活《くらし》は送れるもんや言うことやし……。

さて、この京都の新町《しんまち》通りの四条《しじょう》を下《さが》ったあたりに、格子《こうし》作りの綺麗《きれい》な門構えの家がありますのや。丸に三つ蔦《つた》の暖簾《のれん》をかけて、親の世話になったはるようにゆるりと五人口を暮らしたはる……、知らんお人はお医者かと思いますやろぉ。ご主人の名前は長崎屋伝九郎、実は京都中の悪所金《あくしょがね》、つまりは遊廓《ゆうかく》なんかで使う費用を借りる口利《くちき》きをしてくれはる男はんですわ。この男《ひと》、とにかく言わはることは嘘《うそ》ばっかし。「語り半分」ちゅう言葉があるのやけど、元日《おついたち》を迎えて人が歳《とし》を取らはったのに「若うならはったんやねえ」と嘘をつきはじめると、大晦日《おおみそか》までホンマのことは一つも言わはらへん。もっともこんな男《ひと》でも、差《さ》し迫《せま》ってお金が必要にならはった人の為《ため》になることもありますな。

その伝九郎の家よりちょっと北、室町三条《むろまちさんじょう》の辺《あた》りに、名の通ったお歴々のあきんどの家《うち》があって、そこの息子《むすこ》に、遊廓での通名を笹六《ささろく》という男がいやはりました。差《さ》し障《さわ》りがあるさかいに、ここで本名はどうぞご勘弁《かんべん》を。

この男、なんぼ若いからというても、七年この方父親から受け取らはった金銀をみんな役者遊びやら遊女狂《ぐる》いやらに費《つこ》おて、それでも飽《あ》き足《た》らんと、親が隠居《いんきょ》の為《ため》に蓄《たくわ》えたはった大金にまで目をつけはったんやけど、さすがにこればっかりは監視《かんし》が厳《きび》しゅうて、何ともならしません。とはいうものの色《いろ》狂いは止められへんし、手づるを求めるうちに、長崎屋伝九郎のことを聞き出しました。さっそく「死一倍《しにいちばい》」ていう方式で金千両《りょう》（約八千万円）の借金先を探させたと言います。なんぼなんでもそんな、とお思いですやろけど、都は広いもんどして、何と貸してくれる人が現れたんやそうどすわ。

その貸し手、さっそく笹六の身元調査に手代を遣《つか》わさはってな。笹六は美男の若者やのに、急に髪《かみ》をわざとそそけ立たせて見苦しくして、今年で二十六にならはった歳を「三十一になるんや」と、なんでやろか、わてもようは知りませんけど世間の通り相場とは逆に、わざと五つもぎょうさんゆうたはりました。もうとっくにバレているんやけどな、アンさん。

手代はつくづくと笹六を見まして、

「お前さんの歳はともかく、あんさんのお父さんやったら、五十そこそこですやろ」

と尋《たず》ねました。すると笹六は、

「いえいえ、わては父が歳をとってからの子供どすにゃ。親父《おやじ》はもう七十にとどく老人《としより》で」

と答えます。手代は承知せず、

「いや、わてはこの間もお父はんをお見かけしてますのや。店に腰掛《こしか》けて根芋《ねいも》を値切ったはる言葉つき、台風の朝に散った屋根板を拾わせる心遣《こころづか》い、何につけ十分に気をつけてご養生したはるご様子。まだ十年や二十年で焼き場の灰にはなることあらへんし。「死一倍」

でお貸しすることはできしまへんなぁ」

と言います。笹六は、

「いやいや、それはとんだ計算違い、親父は持病があってめまいをしょっちゅう起こしたはりますのや。近ごろは太り気味のため中風《ちゅうふう》(脳卒中)の気味があるさかいに、なごう見ても三年から五年というトコですやろ。もしそうならへんかったら、始末をつけることも考えてますにゃ。ぜひとも貸しとくれやすやろか」とかなんとかと言いますのや。

こうなると、笹六を取りまく太鼓持《たいこも》ちどもも黙《だま》ってしまいません。口を揃えて、

「その通り、その通り。わてらが見たトコでも長くはないどすなぁ。ここに居並ぶわてらは、あのおやっさんのご葬儀《そうぎ》を日々頼《たの》みにして、この大臣さんにご奉公《ほうこう》してますのや。いざとなったらもう、どんなことをしてでも、時を移さず親父さんをあの世に送る方法を存じてますのや」

と言う始末。そこまで言われて手代も納得《なっとく》したのか、

「そしたら、手形《てがた》の下書きを」

と、まるっきし無表情で契約《けいやく》をまとめて帰って行かはったんや。

そもそも、この「死一倍」というのは、金千両を借りた場合、その親が亡《の》おなって遺産が手に入ったら、三日の内に倍の二千両にして返すというとんでもない約束なんですわ。しかも、手形には二千両の預かりと書いてあっても、一年で二割の利子が付きますのや。千両借りたら一年後には、利子だけでも二百両になる。しかもその分を最初に割り引いたはるので、実際に渡してもらえるのは八百両。さらに、この中から、あの長崎屋が世間並みの決まりやからと仲介料《ちゅうかい》として百両を取っていかはりますのや。

加えて、手代への礼金が二十両、連帯保証人には屋敷《やしき》がある確かな人を、つまり担保がちゃんとある人を頼んだんやし、ウチにもお礼として二百両を利子なしで貸すはめになってしもたりして。それだけではあらしまへん、

「この話がまとまるまでにわてても出費がかかった」

とか、

「その契約の場に居合わせたんやし証人としてのお手当てを」

とか、とにかく大金が借りられたんやしお祝いをおくれやすとかなんやら、周囲の連中があれよあれよという間にむしり取っていかはりましてな。千両包みをはらりと切り開いた

はずやのに、結局笹六が手にしたお金は四百六十両ということになってしもうたんや。

それをようけの太鼓持ちが囃《はや》したてて、

「いやいや、これはめでたい、めでたい。さあ、お大臣さんのご出立や」

と、すぐにお伴して四条にある野郎宿《やろうやど》（少年役者と遊ぶための宿）へと向かわはったんどす。ほんで硯《すずり》と紙を出されて、何やらよくわからへん支払《しはら》いの覚書をさせられたり、ため込《こ》んだ揚屋《あげや》の支払いを請求《せいきゅう》されたり。さらに、役者はんとの遊びの費用やら、茶屋への心付けやら、

「笹六お大臣さんのお言葉に従おうて、二階の天井《てんじょう》を作りなおしたんで、その支払いをお願いします。いえいえ、十両まではかからしまへん」

と野郎宿の亭主《ていしゅ》が支払い記録を持ちだして説明されると、何やそないなことを言うたような気もしてきたさかい支払おうてしまいます。そこへ、二、三年前に役者たちを旅芝居《しばい》に出して損をしたことがあったんやとか言いたてはって、ついにはまるっきし覚えの無い寺社への奉納《ほうのう》帳まで突《つ》きつけられて、縁《えん》のある者無い者、それらの父母兄弟、親族、配下のものたちの借金まで払わされてしまわはった。

悲しいことに金はものの見事に無くなってしもうて、手元に残ったんは、たった金一両三歩《ぶ》（約十四万円）。それを目ざとく見つけた太鼓持ちが、「みんなぁ、この期《ご》に及《およ》んで、お大臣さんに金子やらなんやら持たさはるのは、お見苦しい」ときれいさっぱり銭箱《ぜにばこ》に投げ入れてしまわはりました。笹六がうかうかと酒に酔《よ》い始めた時には、夢の覚めぬまにと、皆《みな》一人去り二人去りして居はらへんようになってしもうてなぁ。

酔いからさめたら、借りたはずのお金はもう一銭も残ってしません。こうなってしもた笹六は、もうひたすらに親父の健康を嘆《なげ》くばかり。江州《ごうしゅう》（現在の滋賀県）は多賀《たが》の大明神に参拝《おまいり》して、一生懸命《いっしょうけんめい》親の短命《いのち》をお祈りしたちゅうことですわ。こういう男、どこぞ間の抜《ぬ》けたトコロがあるもんで、お多賀はんといえば有名な寿命祈願《じゅみょうきがん》の神さんやろし、親父はますます？　元気になるばっかり。焦《あせ》った笹六は、もうそこいらの神社仏閣をしらみつぶしに参拝《おまいり》して回って、なんとか七日のうちに亡くなるようにと必死で調伏《ちょうぶく》したっちゅうワケですわ。そしたらその効き目があったんやろうか、親父は急にめまいを起こして倒れてしまわはったんです。

これは一大事、と店の者《もん》や近所の住人が大慌《おおあわ》てで駆《か》けつけました。笹六もそれにまじって、飛び上がりたいほどの喜びを、顔に出さないようにしながら駆けつけて、日頃《ひごろ》こしらえてた毒薬《どくやく》を取り出すと、さも心配そうに、

「ここにエライよう効くっちゅう気つけ薬がある。これでお父上さんを」

と、白湯《さゆ》を取り寄せてなぁ、飲《の》みやすいようにと、笹六は薬を噛《か》み砕《くだ》いて口移しにするつもりやったけど、どうしたはずみかオノレで毒薬を飲み込んでしもうて、たちまち死んでしもたちゅうワケですわ。

　居合わせた者《もん》は、口を開けて薬、いや毒を吐《は》かせようとあれこれ試みたんやけど、その甲斐《かい》もなく、親不孝の報《むく》いがたちどころに現れたんか、笹六の見開いた眼《め》は血筋で真赤《まっか》になり、若々しかった黒い髪の毛は縮みあがり、遺体は普段《ふだん》の五倍にも膨《ふく》れあがったという始末ですわ。一同が奇異《きい》に感じたことは言うまでもあらしません。

　その後になって親父殿《どの》は息を吹き返したんやけど、息子がオノレを殺そうとしてシッパイしたことやらとは知ろうはずもあらへん。ただただわが子の死を嘆き悲しんでいるばっかり。

欲に目がくらんで千両を笹六に貸した、どこのどなたかは結局大損しやはったっちゅうことになりますな。今ごろさぞかし悔《くや》しがったはるに違いおませんですわな。

コラム

金融《きんゆう》をめぐる闇《やみ》世界は恐《おそ》ろしくも、ちょっと可笑《おか》しい

昨今、漫画《まんが》や映画、テレビドラマ等で、「お金」をめぐる物語が人気ですね。たとえば青木雄二《あおきゆうじ》の『なにわ金融道』は一九九〇年から漫画雑誌に連載《れんさい》され、マチ金（消費者金融）の営業マンを中心に人間達《たち》のリアルな姿を描《えが》いて評判となり、ドラマ化もされました。また、真鍋昌平《まなべしょうへい》の『闇金ウシジマくん』は二〇〇四年から漫画雑誌に連載され、闇金融をめぐる人間模様を描いて評判となり、これもテレビドラマや映画になりました。

　本話の主人公笹六は、江戸《えど》時代の闇金融に手を出して失敗した親不孝者です。その末路は可笑しくも哀《あわ》れと言う他はありません。この話の原話は、西鶴の『本朝二十不孝《ほんちょうにじゅうふこう》』のなかの一話です。これは、中国の二十四孝説話のパロディとして、日本の二十人の親不孝者を並べ立てた短編集ですが、単なるパロディや教訓物語におさまっていないところに魅力《みりょく》があります。

清水寺の西門から見た京都の町

主人公は笹六《ささろく》だと見てしまえば、親不孝話ということになります。でもその親不孝話を、当時の経済社会のさまざまな局面が取り巻いていて、いわば入れ子形の構成になっています。本来なら主人公として最初に登場しなければならない笹六よりも、長崎屋伝九郎《ながさきやでんくろう》が先に登場し、最後の警句《けいく》が笹六にではなく、伝九郎を通して金を貸した人物に向けられています。これは原話の通りにしてあります。

そうしますと、西鶴が本話で目立たせたのは、不孝者の笹六よりも、彼を死一倍という方法で借金漬《づ》けにした貸し手や伝九郎、そしてその金に群がる有象無象《うぞうむぞう》の人間達の連携《れんけい》で成り立っている、当時の社会構造そのものだと言えそうです。

6 ドクロの謎《なぞ》

原話・『本朝陰桜比事』巻四の七「仕掛物は水になす桂川」

訳・濵口順一

「そやけど、近頃《ちかごろ》はおもろいこと何にもありまへんなぁ」

「何か変わったことでも起こらんことには、退屈《たいくつ》で退屈で……」

世は天下泰平《てんかたいへい》の元禄《げんろく》という時代、京都の西側を流れる桂川《かつらがわ》のほとりの村人たちが、仕事の手を休めてそんな立ち話をしていた。すると、

「おーい、おーい」

と叫《さけ》びながら息せき切って走ってきたのは、同じ村の権兵衛《ごんべえ》という男。

「どないしたんや、そないに慌《あわ》てて」

「あれ見てみいや！」

権兵衛が指差す先を見ると、五月雨《さみだれ》で水が濁《にご》った桂川の浅瀬《あさせ》を、何とも不思議なものが流れて来るではないか。鍵《かぎ》がかかった新しい長持《ながもち》、それも上に白い御幣《ごへい》が挿《さ》して立ててある。これに退屈しきった村人たちが飛びつかないはずがない。

「よっしゃ、引き上げまひょ！」

濡《ぬ》れるのも構《かま》わず、村人たちは川の中に入り、たちまち川岸へ引き上げた。

「鍵がかかっとるなあ。壊《こわ》して中を見てみよか？」

「いや、ちょっと待たんかいな。御幣が挿してあるからには、神社のものかもしれへん。神主《かんぬし》の吉田《よしだ》さまか萩原《はぎわら》さまにお尋《たず》ねしたらええやろう」

「いや、いや、奉行所《ぶぎょうしょ》へ持って行くのが一番やで。勝手なことしてもうて、後々面倒《めんどう》なことになったらかなわんからな」

揉《も》め事や困り事の解決に当たるのが京の町奉行所の仕事だ。

「せやな、あそこへ持っていけば間違《まちが》いないやろ」

と話がまとまった。そこで、「えいや！」とばかり荷車《にぐるま》に乗せ、「ワイワイ」だの「ヘイコラ」だの言いながら、奉行所まで引っ張って行った。沿道《えんどう》の町人たちはその様子を見て、

「あれは何や？」

と大騒《おおさわ》ぎ。これがうわさにならないはずがない。

奉行所を取り仕切る「お奉行さま」は、前に運ばれた長持を一目見るなり、もうすべてを見通したという顔つきをしている。

「まずは長持の鍵を開けなさい」

仰《おお》せを承《うけたまわ》った役人は、皆《みな》が息を飲んで見守る中、鍵を壊して長持の蓋《ふた》を開けた。すると、中には古びた五つのドクロと、長い女の黒髪《くろかみ》が入り乱れて入っているではないか。

「なんやこれは！」

その場にいた者は皆驚《おどろ》き、中には、

「呪《のろ》いの封印《ふういん》を解いてしもうたのやないか!?」

と騒ぎ出すものまでいた。

だが、お奉行さまは顔色一つ変えずに、

「この長持は大勢で見つけたのか、それとも一人で見つけたのか？」

とお尋ねになった。ここぞとばかりに権兵衛が、

「はい、この権兵衛が一人で見つけました！」

と誇らしげに答える。すると、お奉行さまはここで初めてキツイ口調になり、

「こんなくだらないもので、村の者たちまで巻《ま》き込《こ》んで迷惑《めいわく》をかけるとは何事だ！　罰《ばつ》としてすぐに四条河原《しじょうがわら》の芝居小屋へ行け！　そして、『この長持のうわさを人形浄瑠璃《にんぎょうじょうるり》や歌舞伎《かぶき》の台本に取り入れてはならぬ！』と芝居の興行主《こうぎょうぬし》や台本作者たちに触《ふ》れ回《まわ》ってく

るのだ！」

と仰せ付けた。

「へへぇ〜」

と権兵衛は頭を地面に擦《す》り付けてひれ伏《ふ》したかと思うと、逃《に》げるように四条河原の方に走って行った。キョトンとする村人たちを横目にお奉行さまは、

「これにて一件落着！」

と言い放つと、何事もなかったように襖《ふすま》の向こう側へと立ち去った。

「これは、四条河原の者たちが仕組んだということで、よろしいでしょうか？」

あまりのスピード解決にあっけにとられた部下の役人が、お奉行さまに尋ねた。

「そう、パッと見ただけで、すぐにわかった。近頃、京で珍《めずら》しいことがなくて、芝居のネタにも困っているというのは、私も耳にしていたからな。長持の上に御幣とは、いかにも芝居がかっておる」

「それだけでお見抜《みぬ》きになったのですか？」

「何しろ濁流《だくりゅう》を流れてきたというのに、御幣がほとんど汚《よご》れていないのはどういうことだ？　御幣が汚れる間もないほどの近くから流して、権兵衛とやらに頼《たの》んで見つけた振りをさせたにほかならない。大勢だと雇《やと》うのに金がかかるし、バレる危険も高くなる。だから、頼むのは一人で十分」

絶句する役人に構わずお奉行さまは続けた。

「中を見て村人どもがひっくり返らんばかりに驚いているのに、権兵衛は動揺《どうよう》もせず私の問いかけに答えた。それに、新しい長持なのに中は古いドクロというのも詰《つ》めが甘《あま》い。カツラ屋にでも当たれば大量の髪を入手した者もわかるだろうが、そこまでする必要もなかろう」

「なるほど……。では、なぜ、五つのドクロと女の黒髪を入れたのでしょうか？」

「西鶴とやらが書いた『好色五人女《こうしょくごにんおんな》』とかいう浮世草子《うきよぞうし》の題名からでも思いついたのではないかな。まあ、私は芝居の作者ではないので、さすがにそこまではわからんが」

とお奉行さまはいたずらっぽい笑《え》みを浮《う》かべるのであった。

当時は時事ネタを組み込んで芝居を作ることが多く、今で言うと週刊誌やワイドショー的な側面《そくめん》もあった。つまり、「やらせ」だということをお奉行さまはすぐに見抜いたのである。

さて、ドクロが道端《みちばた》に転がっているのは当時は珍しいことではなく、五つのドクロもそこら辺で拾ってきたものだと思われるが、お奉行さまのお情《なさ》けでドクロは郊外《こうがい》のお寺に納《おさ》められた。本来ならそのまま野ざらしで朽《く》ち果てるはずだったドクロが思いもよらない供《く》養《よう》を受けることになったというお話。ところが、いつの時代にも懲《こ》りないやつというのはいるもので、それから数日後、今度は京都の東側を流れる鴨川《かもがわ》に、お札《ふだ》が貼《は》られた木樽《きだる》が流れて……。

コラム

狐《きつね》がドクロを頭に乗せて

本文中では、どのような芝居《しばい》を作ろうとしていたのか明らかにされませんでしたが、ここでお奉行《ぶぎょう》さまに代わって推理してみたいと思います。この時期に書かれた作品を見てみますと、まず、『御伽比丘尼《おとぎびくに》』に、「怪談《かいだん》話をして朝起きたら、枕元《まくらもと》に五つの黒髪《くろかみ》を乱した美女の生首が置かれていて、墓地に捨てたら一瞬《いっしゅん》でドクロになった」というお話が出てきます。本話と同じように女の黒髪やドクロが登場することから、それらが作家にとって興味をそそる題材だったことがわかります。ドクロと聞いて水木しげるの漫画《まんが》などに登場する巨大《きょだい》なガイコツの妖怪《ようかい》「がしゃどくろ」を思《おも》い浮《う》かべる方も多いと思いますが、これは昭和になって作られた妖怪のようです。

妖怪と言えば、昔から狐は人を化かすと言われており、『伽婢子《おとぎぼうこ》』には、頭にドクロを乗せて美女に変身する狐が出てきます。今では頭に葉っぱを乗せて変身するスタイルが一

狐はお稲荷さん（稲荷神）の使いであるが、
江戸の頃には「稲荷＝狐」とみなされるようになっていた。

般的ですが、室町《むろまち》時代の作で当時も読まれていた『狐の草紙《そうし》』には、ドクロだけではなく、頭に長い黒髪を乗せている狐の姿も描《えが》かれています。ということは、長持《ながもち》の中のドクロと黒髪は、狐が変身するために使う道具だと考えられはしないでしょうか。狐といえばお稲荷《いなり》さん、神社で使われる御幣《ごへい》が長持に立てられているのもうなずけます。

以上のことから、狐が化けた五人の美女が人間の男どもをたぶらかす、『好色五匹狐』という芝居を作ろうとしていたのではないかと推理してみましたが、みなさんはどんなお話を想像しましたか？

7

表参道《おもてさんどう》殺人事件

原話・『懐硯』巻四の二「憂目を見する竹の世の中」

訳・篠原　進&ゼミの仲間たち

「書を捨てよ、町へ出よう」(寺山修司《てらやましゅうじ》)といいますが、時には文庫本を手に街歩きをしてみませんか。朝の日射《ひざ》しをたっぷりと浴びながら石畳《いしだたみ》の道を歩くと、あれこれと思《おも》い悩《なや》んだ真夜中のモヤモヤも解消され、何事もなかったかのように思えてくるのが不思議ですね。

不思議といえば、表参道《おもてさんどう》ヒルズの近くに変わったオブジェがあります。巨大《きょだい》な注射器の先端《せんたん》を思わせるそれは、さながら天井《てんじょう》を突《つ》き破《やぶ》って生え出た、逆さまの筍《たけのこ》。じっと見上げていると、鋭《するど》い先端が脳天に突《さ》き刺さるのではないかと思え、手術台で不器用な外科《げか》医《い》の執刀《しっとう》を待つ患者《かんじゃ》のような気分になります。もちろん、しっかりと固定してあるので危険はないのですが、もしこれが五月雨《さみだれ》どきに驚異《きょうい》的な伸長《しんちょう》ぶりをみせる筍だったなら「表参道殺人事件」になってしまいますね。

誰《だれ》もいない、深夜の表参道。巨大なビルの狭間《はざま》に出現した怪物《オブジェ》。最新の通信機器を思わせる形状のそれが発信する不思議な物語。難解な古代文字のごときそれを、私のゼミのE君が解読し、京都出身のMさんが会話に手を入れてくれました。耳を傾《かたむ》けてみましょう。

石見《いわみ》かた高角山《たかつのやま》の木の間より浮世《うきよ》の月を見果てぬる哉《かな》（『曽呂利狂歌咄《そろりきょうかばなし》』一）

この歌は『万葉集《まんようしゅう》』を代表する歌人・柿本人麿《かきのもとのひとまろ》の辞世《じせい》とされているものですが、真偽《しんぎ》はともかく、これから語られる惨劇《さんげき》の伏線《ふくせん》はこの歌の中に、すなわち辺境で「木の間より浮世の月を見」ていた主人公の視野の狭さにあったことが分かります。ともあれ、歌に詠《よ》まれた石見の国（現在の島根県）で起きた事件のあらましを述べて行くことにしましょう。

柿本人麿ゆかりの人丸塚《づか》。その近くに左近兵衛《さこびょうえ》という男が年老いた母と二人で暮らしていました。時は、はるか昔。国をあげて親孝行を奨励《しょうれい》した、「犬公方《くぼう》」こと五代将軍徳《とく》川綱吉《がわつなよし》の元禄《げんろく》時代（一六八八～一七〇四）のことです。

左近兵衛は親孝行ブームを象徴《しょうちょう》する模範《もはん》的な青年、いやもう中年と言っても良い年齢《ねんれい》です。

「お母《かあ》ちゃん、さき寝《ね》とき。俺等《わし》はもう三つ、団扇《うちわ》を仕上げたいんや。朝までにね」

「おおきに、そうするわ。あんたを生んだ直後にお父《とう》ちゃんが死にはった時は、死んだ方がええと思《おも》たけど、生きてて良かった」

「また、お母ちゃんの繰《く》りごとがはじまった」

「ああ、何度でも言うわ。あいかわらずのボロ家《や》やし床《ゆか》も穴ぼこやけど、お前のおかげで食うに困らなくなったし、やはりお金は大事やな。何よりも、心に余裕《よゆう》ができる」

「うん。それについて、もっと良い話が」

と言いかけて、左近兵衛は口を押《お》さえる。

「今ならおタケさんかて一緒《いっしょ》に暮らせたやろに。せっかく貰《もろ》た嫁《よめ》をお前は追い出してしまうんやから、あの時はたまげたわ。でも正味なはなし、少しうれしかったんやけどね……。そうそう、村ではお前のことを〝石見の郭巨《かっきょ》〟とうわさしとるんよ」

「郭巨？　ああ、ついこの間、名主《なぬし》さんが語ってくれはった、あれね。母親の食《く》い扶持《ぶち》を捻出《ねんしゅつ》するために子を埋《う》め殺そうとした男やなかったか。土の中から黄金《こがね》の釜《かま》が出て子を殺さずにすんだいう中国の話やね。確かにあのころは二人で食べて行く分をかせぐのがしんどかったし、夜《よ》なべ仕事をしていたお母ちゃんより先に寝ようとしたタケの態度にカッとなって追い出してしもうたけど、悔やんでへんよ。俺等《わし》にとってはお母ちゃんがすべてやから」

「うれしいことを言うてくれるね。それにしてもおタケさんはどうしちょるんやろうね。実家《じっか》には戻《もど》っていないらしいやないか」

「三国《みくに》の女郎屋《じょろうや》にいたといううわさは間違《まちが》いやったみたいや」

　左近兵衛は竹を割る手をとめて、何かを思い出そうとしていた。

「そういえば、タケを離縁《さ》った後に不思議《けったい》なことがあったんや。お母ちゃんの息災《そくさい》を人丸塚《さんねご》に願うと、夕陽《ゆうひ》を浴びて一本の竹が光りはじめたんや。かぐや姫《ひめ》の話みたいにな。竹と言ったらば、孟宗《もうそう》や」

「孟宗って、冬に筍を食べたいと言いはった母親のわがままに応えようと雪の中を探しまわった孝行息子《むすこ》のことね。雪の中から筍が生え出るなんて信じられへんわ。筍はやはり今の季節や。一晩で驚《おどろ》くほど大きうなるからね」

「うん、どういうわけか、タケを追い出した直後から裏の竹藪《たけやぶ》が急に大きうなったね。村の人たちは、見越入道《みこし》の化物みたいやと不気味がっとる。それで、光る竹を見た時は天のお告げのように思えてな、竹にまつわる商売をあれこれ考えてみたんや。元手のいらない竹で玩具《がんぐ》や、枕蚊帳《まくらかや》、渋団扇《しぶうちわ》を造るっちゅう思い付きも、考えてみれば親孝行のご褒美《ほうび》なんや。俺等《わし》のことは〝石見の郭巨〟やなく、〝石見の孟宗〟と呼《よ》んで欲しいね。

それよりお母ちゃん、気いつけや。床が抜けそうやし、藁布団《わらぶとん》を敷《し》かんで寝ると身体《からだ》が冷えるからね。心の臓《ぞう》の後ろにある傷が痛むって言うてたし。竹藪で負《お》った傷の瘡蓋《かさぶた》がとれて剝《む》き出しになっとるんやろ。なあ、お母ちゃん。ああ、また何も敷かずに眠ってしもて」

左近兵衛は母に夜着《よぎ》をかけ、再び竹を割《さ》き始めた。朝になったら行商《ぎょうしょう》に出なければならない。仕事はきついが、丁寧《ていねい》に造られた彼の竹細工は「孝子蚊帳《こうし》」、「孝子団扇」と街の人々に珍重《ちんちょう》され良く売れる。とりわけ、五月雨のころはいちばんの書き入れ時。今では多くの得意先もでき、七、八年もしないうちに彼はこの寒村《かんそん》で有数の金持ちとなっていた。

朝になった。

「お母ちゃん、そしたら出かけるからね。そうや、良い話があるんやけど。実は家を建《た》て替《か》える目途《めど》がつきそうやねん」

そう言いかけて、彼は思わず左右を見渡《みわた》した。あの話は名主さまに口止めされているし、傍《はた》で甚六《じんろく》が聞いていたからだ。少し頼《たよ》りないが、頼まれたことだけは愚直《ぐちょく》にこなしてくれる隣人《りんじん》。そんな彼に母のことを頼み、左近兵衛は勇んで家を出た。売れても、売れなくても満面の笑《え》みで迎《むか》えてくれる母。とりわけ今回は飛び切りの土産《みやげ》がある。母を喜ばせることのみを生きがいにしてきた彼は、その時の母の笑顔を想像して思わず微笑《ほほえ》み、意《い》気揚々《きようよう》と街に向かった。

「雨や」

この時期の雨が、左近兵衛は嫌いだった。品物は傷《いた》むし、売れ行きも落ちる。いつも姿が見えなくなるまで見送ってくれる母。今朝もそうしてくれているのだが、何かが違う。生彩《せいさい》のない笑顔は死者のようで、背後の巨大な竹藪がそれを呑《の》み込《こ》もうとしている。気が進まない。左近兵衛は何度も戻りかけては、思いとどまり、靄《もや》のせいだと自分に言い聞かせた。だが後から思えば、その予感は正しかったのだ。母と過ごす至福の時間。それは、この日を境に永遠に失われてしまったのである。

その翌朝。いつもなら誰よりも早く起きて竹を伐《き》る老婆《ろうば》の姿が、今朝に限って見えない。

それをいぶかしんだ甚六が隣家《りんか》に足を運び、大声で呼び掛《か》けるが応答はない。

「おばはん、朝やで、朝。あれ、雨も上がっとるのにまだ寝とるんかいな。それにしてもよう寝るのう」

再度、声をあげようとして、言葉を飲《の》み込む。何か変なのだ。いつも以上に不気味な竹藪の中の家。勇気をふりしぼって近づいた彼であったが、自分を寄せ付けない結界《バリア》のようなものがあるように思えて、家の中に入ることはできなかった。

「まあ、ええか。左近《さこ》がおらんので気が緩《ゆる》んだんやろ。しばらくほっといたろ」

そう呟《つぶや》きながら、彼は家に逃《に》げ戻り、夜着を引きかぶり寝入ってしまった。


時はすでに黄昏《たそがれ》どき。そろそろ左近兵衛が戻る時間だ。それでも老婆の姿は見えない。左近兵衛の怒《おこ》った顔を思い浮《う》かべながら甚六は意を決し隣家に向かう。

「おばはん、おばはん」

だが、やはり応答はない。家に入ろうとするが、蔦《つた》や楓《かえで》に覆《おお》われた戸は重くなかなか開《あ》かない。やっとのことでそれをこじ開け、顔を差《さ》し込もうとした彼を強烈《きょうれつ》な臭《にお》いが襲う。死臭《ししゅう》というのは、こうしたものなのだろうか。だがそれはほんの序章に過ぎなかった。視線の先に広がる、おぞましい光景。

「むむ、これは」

床いっぱいの血。身体《からだ》中の血がすべて抜け、蝋《ろう》人形のようになった老婆。既《すで》にこと切れているが、青白く発光しているようなその顔は、まぎれもなく左近兵衛の母だ。

「何や」

茫然《ぼうぜん》と立《た》ち尽《つ》くす、甚六。どのくらい、そうしていただろうか。

「ウォー！」

怪獣《シン・ゴジラ》の断末魔《だんまつま》にも似た悲鳴で我に返った甚六が振《ふ》り向《む》くと、いつ戻ったのかそこには木綿布子《もめんぬのこ》（木綿で作った防寒衣《ぼうかんい》）を手にした左近兵衛の姿があった。母への土産として持ち帰ったそれを投げ出し、頭をかかえる孝行息子。半狂乱《きょうらん》となった彼がその後どんな行動に出たのか。自分でも覚えていないというので、代官所《だいかんしょ》の調書をもとに顚末《てんまつ》を記そう。

「誰が殺《や》ったんや。誰が。優《やさ》しいお母ちゃんが人の恨《うら》みをかうなんてことがあるかいな。となれば物盗《ものと》りか。でもこのボロ屋に金があることを誰が知っててんねん。いったい誰が」

そう叫《さけ》びながら左近兵衛が周囲を見回すと、甚六と眼《め》が合った。彼は府抜《ふぬ》けた様子で視線を泳がせている。

「分かった。お前やな、お母ちゃんを殺したんは。昨日の会話を聞いて、お母ちゃんを殺して金を盗んだんやろう。許せへん、お前はお母ちゃんの敵《かたき》や」

そう叫ぶと左近兵衛は作業用の鉈《なた》を手に取り、何か言おうとしていた甚六の頭にそれを振り下ろした。

「ウッ」

飛び散る鮮血《せんけつ》。瞬時に絶命する甚六。それでも左近兵衛は手を止《と》めない。

「この野郎《やろう》、この野郎」

さながら竹を割るごとく、何度も振り下ろされる鉈。

「お母ちゃん、敵を討《う》ってやったよ」

我に返った彼は誇《ほこ》らしげに周囲を見回し、少しも悪びれることなく名主の屋敷《やしき》に向かった。

「母の敵を討ったんやから、うまくいけば無罪。もし罪に問われても、微罪《びざい》や。名主さまや代官さまは日ごろから俺《わし》に目をかけてくれたはるし、何よりもあの約束がある」

不気味な微笑《えみ》を浮かべながら、彼はひとりごちた。

「それにしても驚いたわ。工具箱に隠《かく》した八十両がそっくり残とるなんて。愚鈍《トロい》な甚六のことやから、探し回ってるうちに時刻《とき》が過ぎてしまったんやろう」

「困ったことになったな、九兵衛《きゅうべえ》」

名主からの報《しら》せに代官の勘太夫《かんだゆう》はこう応じた。

「巡見衆《おかみ》によれば、公方《くぼう》さまは孝子を顕彰《けんしょう》するため、あちこちに忠孝札《ちゅうこうさつ》を掲《かか》げているということだ。孝子の多寡《たか》でご機嫌《きげん》も変わるというので、松平《おとの》さまも孝子を探しておられる。そなたの薦《すす》める左近兵衛をその候補にと思っていたのだが。……母親のために女房《にょうぼう》を離縁《おいだ》した孝子というのはこの上ない売り文句。側近衆《おとりまき》もこれに飛びつくのは必定《ひつじょう》。こやつを連れて参上すれば褒美も昇進《しょうしん》も期待できるということで、今日にでも公《おおやけ》にする手はずであったのに、残念至極《しごく》だ。ただ、母親の敵を討ったというのならまだ救いはある。ともあれ、現場に行ってみよう」

代官が到着《とうちゃく》し、現場検証がはじまる。それにしても異様な現場だった。おびただしい血の量とは裏腹に、死体には目立った傷がないのだ。皆《みな》がいぶかしがっているところに、大声が響く。声の主は検死の役人だ。

「何てことや。この怪物《かいぶつ》はまだ動いてはる」

確かにそいつは動いていた。家を包《つつ》み込む竹藪の暗く深い闇。その化身《けしん》のごとき、巨大な筍。犯人はこいつだったのだ。初夏の日差しと豊かな雨を栄養源として急速に伸長したそいつの、鋭利な鑓先《やりさき》が老婆の心臓を貫《つらぬ》いたのである。藁布団なしで眠っていた老婆。その古傷に床穴から侵攻《しんこう》した怪物は老婆を串刺《くしざ》しにしたのみでは飽《あ》き足《た》らず、未《いま》だに増殖《ぞうしょく》を続けているのだ。

「左近兵衛がいくら模範的な孝子でも、無実の者を殺《あや》めた罪は赦《ゆる》されない。こいつをひっ捕《とら》えよ」

こうして、囚《とら》われの身となった左近兵衛は、時をおかずに処刑《しょけい》されたという。

「将軍様《おかみ》も罪なことをなさるのう」

「ええ？　代官さま、何をおっしゃってはるのですか」

当惑《とうわく》する九兵衛に、勘太夫はこう述懐《じゅっかい》する。

「拙者《せっしゃ》は孝子というのが苦手なのだ。どこか嘘《うそ》っぽくてな。いくら親孝行のためといっても、美しく気立ての良い嫁を離縁《さる》という心情が分からない。聞くところによれば、懐妊《みごも》っていて体調の悪かった嫁は家を追い出された衝撃《しょうげき》で流産し、裏の竹藪で縊《くび》れて死んだというではないか。そのタケの子が筍《たけのこ》に姿を変えて父親のいちばん大切にしているものを奪《うば》い取ったのだ。どこかが狂《くる》ってる。左近兵衛だって優しい息子だったのに、孝子、孝子ともてはやされている内に偏屈《へんくつ》者になってしまったそうだ。だから、母親の死という現実を直視できずに、凶行《きょうこう》に走ってしまったのだろう。思えば孝行などというのは、上から強制するようなものではないのだ。こちらにも責任がある。出世なんてどうでも良い。孝子探しはもうはやめよう。いいな、久兵衛」

「ごもっともです、代官さま。そういえば、今おっしゃったようなことを、サイカクという俳諧師《はいかいし》が面白《おもしろ》おかしく書いてはりました。ついこの間、俳諧仲間が送ってくれはった

『本朝《ほんちょう》二十不孝《にじゅうふこう》』という草紙《そうし》ですが、お読みになりますか。物の本《ものほん》（草紙の対。漢字で書かれた学問的な内容の書物）しかお読みにならへん代官さまはそんな低俗《ていぞく》なものは読まないと軽蔑《けいべつ》なさるかも知れませんが、私はこの本に同感です。やはり不孝者の方が親しみがもてますね」。

――勘太夫がその後、西鶴の『本朝二十不孝』を読んだか否《いな》かは分かりません。ただ、深夜の表参道ではメタリックなオブジェに姿を代えたそいつが今も増殖を続け、疲れきって生彩のないあなたを虎視眈々《こしたんたん》と狙《ねら》っているのです。もし生きることに懸命《けんめい》で毎日が空《むな》しくギスギスしたと思えた時は、少し早起きしてそれを見上げてみませんか。固くなった頭がほぐれますよ。

コラム

江戸《えど》の孟宗《もうそう》は眠《ねむ》れない―西鶴の「寸止め」―

わが家の軒先《のきさき》に、竹があります。その数、二十本。植えてから三十年近く経《た》つそれらはどれも太く、堂々としています。一つだけ困るのは、毎年初夏のころに驚異《きょうい》的な伸長《しんちょう》ぶりを見せ、思いがけない場所に顔を出すことです。エントランスや庭は許容範囲《はんい》でも、時には玄関《げんかん》先や縁側《えんがわ》辺にまで複雑に入り組んだ地下茎《ちかけい》を伸《の》ばし、放っておくと二階の屋根を突《つ》き破《やぶ》りそうになってしまっていて慌《あわ》てた経験も一度や二度ではありません。「竹を伐《き》る」というのは夏の季語ですが、伐らないと際限なく伸びてしまうのです。

ところで、みなさんは「竹」から何を連想しますか。竹人形、竹トンボ、竹かご。身近にあるものを有効活用していた江戸時代は実に多くの場所で竹が用いられ、左近兵衛《さこびょうえ》のようにそれを加工して売り歩く人も数多くいたのです。そして「竹」と言えば孟宗の故事。雪中に筍を発見した彼の話は「二十四孝《にじゅうしこう》」の中でも良く知られ、江戸の人々の間では

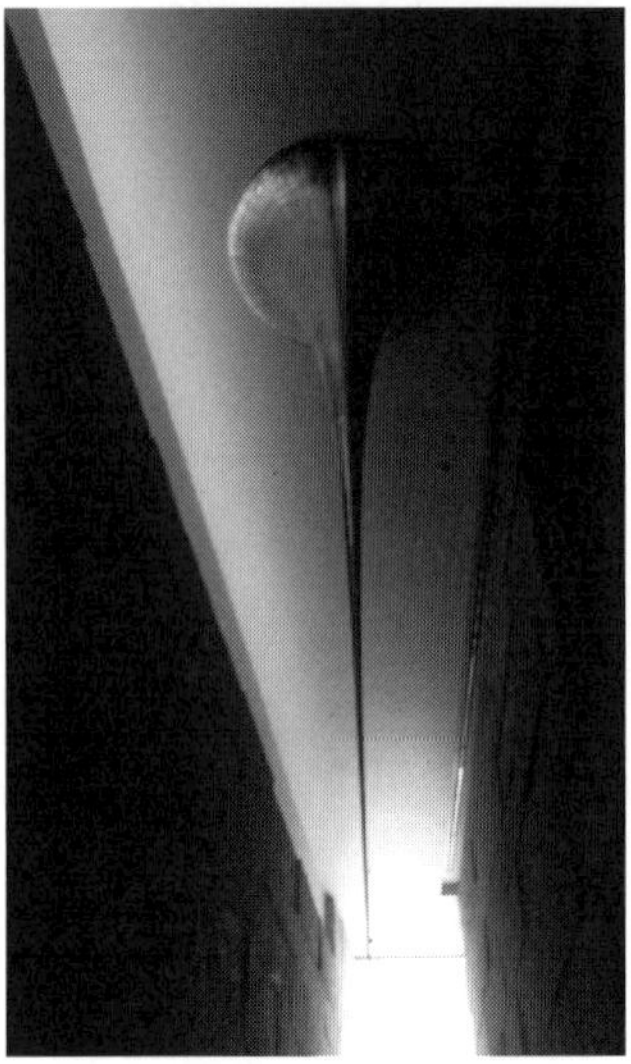

表参道のオブジェ

換喩《メトニミー》化していたと言っても過言ではないでしょう。綱吉《つなよし》の奨励《しょうれい》する親孝行政策（竹の世の中）下で「江戸の孟宗」が味わう、「憂《う》き目《め》」。村上春樹《むらかみはるき》は「（文章は）刃物《はもの》と同じで、寸止めするとか、ちらりと突《つ》き刺《さ》すとか、いろいろ使い方があ」ると言ってますが（『みみずくは黄昏《たそがれ》に飛びたつ』）、この話にはどんな「寸止め」があるのでしょうか。原話を収録する『懐《ふところ》硯《すずり》』（貞享《じょうきょう》四年（一六八七））は『本朝二十不《ほんちょうにじゅうふ》孝《こう》』の翌年に上梓《じょうし》されたものです。二年前の『西鶴諸国《さいかくしょこく》はなし』と同系統ながらその世界を一変させた大人の文学（拙稿「午後の『懐硯』」、『武蔵野文学』43号）。両者を読み比べて、その奥《おく》行《ゆ》きを堪能《たんのう》して下さい。

8

余命《よめい》は百日《ひゃくにち》

原話・『新可笑記』巻二の六「魂呼ばひ百日の楽しみ」

訳・大久保順子

人生の最後の日というのは、案外、速く来てしまうものだ。

昔から「無常迅速《むじょうじんそく》の理《ことわり》」とか、「人の命は朝露夕電《ちょうろせきでん》の如《ごと》し」などという言葉がある。

江戸《えど》時代、富士山《ふじさん》は活発な火山活動をし、噴煙《ふんえん》を上げていた。一方、京都の東山《ひがしやま》の鳥辺山《とりべやま》の墓場では、人々を火葬《かそう》する煙《けむり》が絶《た》えることなく立ち昇《のぼ》っていた。いつの時代でも、この世の中で一日に埋葬《まいそう》される人の数は、その煙のように多いのである。

事件は、駿河《するが》の国の駿府《すんぷ》（現在の静岡県静岡市）の、ある商家《しょうか》で起こった。京都産の絹織物《きぬおりもの》を扱《あつか》う、その大きな店の主人の先祖は、かなり由緒《ゆいしょ》ある武家《ぶけ》の家柄《いえがら》だったらしい。今やこの地方では、比類《ひるい》なき財産家である。この家に、跡取《あとと》りの一人息子《むすこ》がいた。非常に聡明《そうめい》で、十九歳《さい》にして既《すで》に、経営の才能を周囲から見込《みこ》まれていた。両親も息子への相続を済ませ、早めに隠居《いんきょ》して、悠々自適《ゆうゆうじてき》の生活を始めていた。有能な息子だけに、これも立派な武家の家筋《いえすじ》の息女《そくじょ》との縁組《えんぐみ》もまとまり、祝言《しゅうげん》の日取りまで決まっていた。

ただ、この息子には、かなりマニアックな性癖《せいへき》があった。何ごとにも研究熱心《けんきゅうねっしん》なのだが、凝《こ》り出したらきりがない。当時はまっていたのは「大々将棋《だいだいしょうぎ》」である。四十枚の駒《こま》で行《おこな》う普通《ふつう》の将棋ではない。なんと縦横各十七升《たてよこかくますめ》で百九十二枚もの駒を使うというものだった。自宅の広い庭園内の東屋《あずまや》に、この巨大《きょだい》な将棋盤《ばん》を置き、朝から晩まで熱中していたのだ。

「大々将棋」について、少し説明しよう。

そもそも、昔の中国で行われていたものだという。この将棋盤を町のにぎやかな辻堂《つじどう》に置く。盤を置いた人が、先手《せんて》の駒を指《さ》して、そのままにしておくと、対局の始まりだ。偶然《ぐうぜん》通りがかった将棋マニアか誰《だれ》かがそれを見て、一手《て》、駒を動かして去る。その後手《ごて》を、最初の置き主が見て、一手、応戦する。また次に来た誰かが、後手を指す。対局が続き、やがて一方が「王手《おうて》！」と指せば、もう一方は逃げ方を考える。

ただでさえ駒数《こまかず》が多いのに、こんなやり方では当然、長大な時間がかかる。誰がいつ通りかかって、どんな風に駒を動かすのか、全く予想がつかない。確かにその分、次に来た人が一手を指すまでの間、盤を置いた主《ぬし》は、次の手をゆっくり考えられる。だが、そんなことをしていたら、一番の勝負《しょうぶ》をするだけで、半年はかかってしまうのだ。

広い大陸に住む人は気も長いのかもしれないが、中国の人でも、こんな方法ではさすがに退屈《たいくつ》する。次第《しだい》に、制限時間のルールが設けられ、その後は行われなくなった。ましてや、もともと小さな国土《こくど》に住む短気《たんき》な日本人には、このような勝負《ゲーム》は不向きだろう。

しかし、この息子は、他のことが何も考えられなくなるほど、のめり込んでいた。


息子の友人たちは、その事件を後《のち》に思い出して、次のように語っている。

――その日あいつが、あの大々将棋の盤の上に、駒を並べていた時だ。突然《とつぜん》さ。目つきも顔色もそのまま、全身の動きが、ぴたっと止まって、硬直《こうちょく》しちまった。将棋で喩《たと》えるなら「頓死《とんし》」の手、ってやつかな。いや、こんな言い方は不謹慎《ふきんしん》か。でも、まさか、という手を相手に指されて、自分の次の手を、完全に塞《ふさ》がれたって感じ。

――そりゃ、もう、そばにいた俺《おれ》たちは、びっくりしたよ。あわてて、医師や鍼灸師《しんきゅうし》を呼びに行ったけどね。応急措置《おうきゅうそち》で薬を口に含《ふく》ませても、咽喉《のど》を通らないし。鍼《はり》を打たせたり灸《きゅう》をすえたりしても、何をやっても、土の上にただ刺《さ》してるみたいで、全然、反応がない。効果がなかったな、まったく。

一番うろたえたのは両親である。あんなに一家が頼りにしていた、それもついさっきまで元気だった、大切な跡取りの若い息子が、こんな風に、急死してしまったのだから。

「このような場合、すぐに埋葬してはいけません。まず三日間は待ちなさい。蘇生《そせい》することだってあるから」

そんなことを言う者もいた。親としては、その意見にすがるより他はない。

この騒《さわ》ぎの中、気を利《き》かしたつもりなのか、「占い師《うらなし》を頼ってはどうか」と、誰かが勧《すす》めた。駿府《すんぷ》から遥《はる》かに見える富士山の、その山麓《さんろく》の大宮《おおみや》に、ある陰陽師《おんみょうじ》が住んでいるという。あの有名な平安時代の陰陽師、安倍晴明《あべのせいめい》の正統《せいとう》な後継者《こうけいしゃ》であって、三千世界《さんぜんせかい》をすべて見通せるような、不思議《ふしぎ》な力を持っているのだそうだ。さっそく、使いが出された。

烏帽子《えぼし》と束帯《そくたい》の姿で幣《ぬさ》を持った年齢不詳《ねんれいふしょう》の無表情な男が、どこからともなく現れ、座敷《ざしき》に厳《おごそ》かに座っていた。占った後、ふと哀《かな》しそうな色を目に浮かべて、彼は両親に、静かに告げた。

「ご子息《しそく》は、こうなることが運命、つまり寿命《じゅみょう》であったな。これが非業《ひごう》の死などとは、お思いにならんことじゃの。神の力をもってしても、生《い》き返《かえ》らせることは、無理《むり》じゃ」

そう言われて、両親が納得《なっとく》するはずはない。

「せめて最後に、死ぬ前に、言葉をかわせていたなら、あきらめもつきますものを。あまりにも、突然すぎて」

と、狂《くる》ったように泣きながら、陰陽師に訴《うった》えるのだった。その様子を気の毒に思ったのか、彼は、母親の心を鎮《しず》めるように、次のようなことを語った。

「仏や神のご加護《かご》によって、死んだ人間が再び蘇《よみがえ》るという前例が、全くないわけではない。奈良《なら》時代のこと、吉備真備《きびのまきび》という人が唐《とう》に留学《りゅうがく》した後、日本に帰国しようと、船出する時のことじゃった。突然、天の上から、

『その人は、日本第一の智者《ちしゃ》、寿命は十八歳』

と呼ぶ声がしたのだと。その時の唐の皇帝《みかど》は、優秀《ゆうしゅう》な留学生が短命と宣告されたのを哀《あわ》れに思い、国中《くにじゅう》の聖人《せいじん》たちを集め、「生活続命《しょうかつぞくめい》の法《ほう》」という術《じゅつ》を行わせた。地の側から大

声で、『吉備大臣《だいじん》は、日本第一の智者《ちしゃ》、寿命は八十歳』と呼んだそうじゃ。

この後、真備《まきび》は無事に日本に帰り、大変長生きをして、国の大臣となって活躍《かつやく》した。天の告げた『十八』の年数を、術によって『八十』に逆転できたからじゃな。この術を、『唐土《もろこし》の魂呼《たまよば》い』というての。昔の中国では、この方法で死者を呼《よ》び返《かえ》し、蘇生させた例が、少なくはない。

ただし、今は、そうした神秘的《しんぴてき》なものの力が衰《おとろ》えてしまった、末世《まっせ》じゃ。しかも我《わ》が国の、わしのような者には、そんな術はできかねるぞ。もし、ご子息を一度生き返らせる程《てい》度《ど》のことが、できたとしてもな。蘇《よみがえ》ってから百日めには、必ず絶命《ぜつめい》するであろう」

これを聞いた両親は、たまらず陰陽師にすがりついた。

「二度目の別れなら、覚悟《かくご》もできようというものです。もう一度だけ、蘇った息子の姿を、見ることができるのなら、何も思い残すことはありません。どうか、ぜひ」

陰陽師は両親にしっかりと念《ねん》を押《お》した。

「必ずしも成功するとは限らん。むしろ、失敗するかもしれん。うまく行くか行かんか、二つに一つ。それでも、よいか」

そこで陰陽師は、なにやら心中深く祈念《きねん》を始めた。それから、この家の一族総勢、十数人から二十数人ほどの大勢《おおぜい》の人々を、母屋《おもや》の棟《むね》の上に上らせた。そして皆《みな》に傘《からかさ》をささせ、その人数の大きな声で、死んだ息子の名前を、三時《とき》二刻《こく》（約七時間二十分）もの間、何度も何度も繰《く》り返し、ずっと呼び続けさせた。

するとし、不思議なことが起こった。死体の左右の手がぴくり、と動いたのだ。そして、その手をゆっくりと持ち上げて、両耳に当てたのである。

「動いたぞ！」

長時間呼び続けて疲《つか》れ切《き》った人々も、その変化に気づいて、はっと驚《おどろ》き、そこで勢いを得た。急いで彼の手を耳から離《はな》させ、屋根の天井板《てんじょういた》を引き破り、さらに大声を張《は》り上げ、何度もその名を呼び立てた。

やがて、息子は少しずつ呼吸をし始めた。左手の脈《みゃく》を取ってみると、なんと生前と変わらず、脈動《みゃくどう》しているではないか。そして彼は、意識を取り戻《もど》した。

誰もが大喜びしたことは言うまでもない。ともかく、息子は蘇生《そせい》した。突然倒れた時のことが嘘《うそ》だったように、若く元気な元の姿に戻った。

だが、誰の心の中にも、どこかあの陰陽師の

「百日めには、必ず絶命するであろう」

という言葉が、ひっかかっていた。いっそ、あの予言は、なかったことにしよう、とも。

百日が経《た》つのは、速いものである。

息子の命が少しでも長くなりますようにと、両親は、国中の神社に願掛《がんか》けをして回った。もちろん、一度死んで生き返り、いつまでの命と予言された経緯《いきさつ》については、息子の耳に入れないよう気づかって、秘密にしていた。

が、あの日からしばらく経っている。封印《ふういん》しておいても、いずれ何かのきっかけで、急に事情《じじょう》を知ったら、却《かえ》って息子は混乱《こんらん》するかもしれない。あらかじめ当の本人に、きちんと知らせておく方がよいのでは、と、親たちは考えるようになり、ついに、打ち明けた。

話を聞き終わった息子の態度は、意外なほど冷静《れいせい》で、落ちついていた。

「『天地は万物《ばんぶつ》の逆旅《げきりょ》、光陰《こういん》は百代《はくたい》の過客《かかく》』と、有名な李白《りはく》の詩に申します。人生そのものが、うとうとする時の夢のように、とてもはかないものなのに。その上、自分の場合は、その夢にも制限時間が、それも、たった百日しかないのです。そうとわかれば、心残りのないように、楽しいことをしたいものです。

たとえば、春の満開の桜のような細工《さいく》を作って、秋に咲《さ》かせるとか。昼も夜も休みなしに、色欲《しきよく》にふけるとか。美酒《びしゅ》や美食《びしょく》を味わうとか。貧しい人たちを救う、慈善《じぜん》活動のようなことでもいい。そうだ、寺院や神社の建立《こんりゅう》もしなきゃ。とにかく、死後に極楽《ごくらく》に行くために、善行《ぜんこう》を積みたいし。やるだけやったら、もう、思い残すことはありません」

その言葉どおり、その日から彼は、一日に一年分のことを実行するような勢いで、充《じゅう》実《じつ》した日々を過ごし始めた。もともと利発で、次々とアイディアを思いつき、熱中する性格で、財産はいくらでもあるのだ。精力的に活動し、「あと、残り何日」と数えながら、毎日を送るうちにも、その日は次第に近づいてくる。

覚悟を決めて迷いのない息子とは逆に、両親の不安は高まるばかりだった。

あの予言を教えない方がよかったのか。こんなに若くて元気そうな息子が、その日が来たら必ず死ぬものと、思い切ってしまうとは。

(婚約《こんやく》していたあの娘《むすめ》さんを迎《むか》え入《い》れたら、息子だって気が変わって、それで命が延《の》びるようなことが、あるかもしれない)

そう考えた両親は、祝言の準備を急ぎ始めた。

娘の親の方にしてみれば、娘がかわいいに決まっている。所詮《しょせん》、余命《よめい》のない男との結婚である。相手の息子のためとはいえ、随分《ずいぶん》身勝手な、迷惑な申《もう》し込みだった。何を好き好《この》んで、まだ若いうちの娘を、いきなり未亡人《みぼうじん》にしなきゃならんのだ。破談《はだん》にしたいほどだった。

だが、婚約者である当の娘の気持ちは、違《ちが》っていた。

娘は両親に、きっぱりと言った。

「一度、夫とすると決めて、結婚を約束した相手です。たとえ一日しか夫婦《ふうふ》になれなかったとしても、私にとっては、千年の間、枕《まくら》を交《か》わしたのと同じです。必ず嫁《よめ》にまいります。

妻となって、あの人の死を見届《みとど》けたなら、その後は、どうにでもいたしましょう」

この娘の言い分も、もっともだった。というより、そこまで堅《かた》く決心しているのなら、無理に止めずに、娘の好きにさせてやろう。相手の男の方も、今のところ元気そうではあるし。どこか不安は残るにせよ、両親は祝言の吉日《きちじつ》を待つことにした。

ところが、式の当日の夕方、あの息子から娘の家に、一通の手紙が届いた。開いて見ると、なんとそれは、まだ結婚もしていない相手の娘に対する、息子からの離縁状《りえんじょう》だった。

娘の両親は内心ほっとして、これは幸《さいわ》いだ、と喜んだ。

逆に、落胆《らくたん》して涙《なみだ》を流しているのは、娘の方である。

「これほど立派《りっぱ》な人と婚約しながら、結ばれないなんて。いったい何の因果《いんが》でしょうか。将来なんて、誰にもわかりません。なのに、あの人は、自分が死んだ後、残される私が悲しむと思って、ご自分から縁《えん》を切ったのですね。なんて恨《うら》めしい手紙でしょう」

その日以来、娘は家の中に閉《と》じこもり、全く人に会わなくなってしまった。

いよいよ、あの陰陽師が予言した、百日めの日がやって来た。

両親は、何とか運気《うんき》を転《てん》じようと、家の近くを流れる安倍川《あべかわ》に、豪奢《ごうしゃ》な装飾《そうしょく》を施《ほどこ》した屋形船《やかたぶね》を用意した。そこに家族や縁者《えんじゃ》や友人たちを集めて息子を囲む、船遊《ふなあそ》びを企画したのである。にぎやかな歌や楽器を奏《かな》でる芸人、芸者も揃《そろ》えられた。

壮大《そうだい》な宴会《えんかい》が始まった。誰もが酒に酔《よ》い乱《みだ》れ、今日がその日だということを、どこかで感じずにはいられず、しかし、心の中で、忘れたいと思い、忘れようとしていた。

やがて、夕方になった。晴れた西の空、その昔『伊勢物語《いせものがたり》』で在原業平《ありわらのなりひら》が「夢《ゆめ》にも人《ひと》にあはぬなりけり」と歌に詠《よ》んだという、宇津《うつ》の山《やま》の方角に、今、太陽が沈《しず》んでいく。

なんだ、今日がいつもと同じように、無事に暮《く》れて行くじゃないか。皆、ほっとして、うれしくなった。その場が一体となったような安心感が伝染《でんせん》したのか、船の上の太鼓《たいこ》や鼓《つづみ》のお囃子《はやし》の音も、まるで申し合わせたかのように、ふっ、と止《や》んだ。

一瞬の静寂《せいじゃく》。

その時である。木枯《こがらし》の森の中から、何か木霊《こだま》のような声が、息子の名前を呼んでいる。その声は誰の耳にも、はっきりと聞こえた。あたりは急に薄暗《うすぐら》くなった。息子の表情は、一気に不安げになった。

近くにいる者は「いいか、気をしっかり持て」と彼に声をかけ、船頭《せんどう》は急いで船を岸に戻そうとする。だが、森の奥《おく》からの声は、ますます強まり、飛んで来る烏《からす》の群れのように、次々と押《お》し寄《よ》せてくる。

息子はその声の呼ぶ方向を辿《たど》って、よろよろと歩いて行く。いや、歩いて行くような心地《ここち》のまま、その場で本人の意識が、だんだん、遠のいているのであった。人々は息子を抱き支《ささ》えて、あの不気味な声に負けずに呼び返そうと、できる限りの大声で、彼の名を呼ぶ。だが、虚空《こくう》から響《ひび》いてくるその呼び声は、ますます強くなっていく。

ついに、彼は息絶えた。


まさか、こんなことが、はたして世の中にあるものなのだろうか。事件の後、人々の悲しみは、いっそう尽《つ》きることがなかった。

婚約者だったあの娘も、もちろんこの息子の最期《さいご》を、人から聞いて知った。その後、別の男性と結婚する気持ちは全くない、と言って、娘は自ら黒髪《くろかみ》を切って出家《しゅっけ》し、彼の菩《ぼ》提《だい》を弔《とむら》って、一生を送った。さすがに武家のご息女だと、人々はこれまた、うわさし合ったという。

その日に。

今日から見ると非科学的なようですが、東洋の陰陽道《おんみょうどう》は古代から存在する一種の「科学」的世界観として、その術の実際の効力《こうりょく》が信じられてきました。思えば二十一世紀の科学も、人間の生命と死、魂《たましい》の仕組みを、完全に解明するものではありません。人はいつも、その時々の科学的仮説を信じて、可能な限りの良策を尽《つ》くそうとします。

ある日突然《とつぜん》、人生の終わりの日がやってくるということは、時代を問わずすべての人に共通する、切実な問題です。もし、一度死んでしまってから「制限時間つき」で生き返ったとしたら、あなたは何をするでしょうか。あるいは、大切な人が亡くなって、そのような条件つきで蘇《よみがえ》ったとしたら、どうしますか。

現在の静岡県静岡市葵区《あおいく》、安倍川《あべがわ》の支流である藁科川《わらしなかわ》の岸に、島のように丸くこんもりとした形の丘《おか》があり、その形に繁《しげ》った森があります。丘の頂上には八幡宮《はちまんぐう》の神社があ

木枯の森（Google Earth より）

り、昔から「木枯《こがらし》の森《もり》」と呼ばれています。駿河《するが》の国にあるこの森のことは、清少納言《せいしょうなごん》の『枕草子《まくらのそうし》』にも書かれており、「人知れぬおもひするがの国《くに》にこそ身《み》をこがらしの森はありけれ」（『古今和歌六帖《こきんわかろくじょう》』）という歌などに登場する地名（歌枕《うたまくら》）として、人々に知られていました。

夕闇《ゆうやみ》の迫る頃《ころ》、人の名を呼ぶ何かの声が、空を舞《ま》う大量の烏《からす》の集団のように、この森の奥から押《お》し寄《よ》せてくるという瞬間を、想像してみてください。

9 プレイボーイの誕生《たんじょう》

原話・『好色一代男』巻一の一「けした所が恋のはじまり」

訳・浜田泰彦

但馬《たじま》の国（現在の兵庫県北部）に大銀山を営む大富豪《だいふごう》があった。桜がはかなく散り、月も限りあって沈《しず》む入佐山《いるさやま》の風流な光景などには目もくれず、寝《ね》ても覚めても女色《にょしょく》・男色《なんしょく》の二道にもっぱら打ち込むその富豪は、色街界隈《いろまちかいわい》では「夢介《ゆめすけ》」などと呼ばれていた。

夢介は京都に出ては、名古屋三左《さんざ》や加賀の八《はち》など札付きのワルとつるんで一日中酒浸《さけびた》りになっていた。夜更《よふ》けて一条《いちじょう》通りから戻橋《もどりばし》を渡《わた》る姿は、ある時は前髪《まえがみ》を伸《の》ばした若衆《わかしゅ》、またある時は坊主《ぼうず》の身なり、あるいは伊達《だて》な任侠者《にんきょうもの》にも扮装《ふんそう》した。昔、鬼女《きじょ》が出現したと伝わる戻橋だけに、「やはりあの橋には化物が通る」とうわさされたのも無理からぬことであった。しかも、鬼女にもひるまなかった『太平記《たいへいき》』の大森彦七《おおもりひこしち》よろしく、「遊女に噛《か》み殺《ころ》されるなら本望《ほんもう》だ」と言って、通《かよ》い詰《つ》めたので、遊女たちもまた夢介を見捨てることが出来なかったのである。

そのころ、京都島原《しまばら》で評判の葛城《かつらぎ》・薫《かおる》・三夕《さんせき》の三人を、金の力に任せて次々と身請《みう》けし、それぞれを嵯峨《さが》・東山《ひがしやま》・伏見《ふしみ》の藤の森に人知れず住まわせた。そして、契りを重ねている内、三人の誰《だれ》かが男の子を産んだ。その男の子こそ、世之介《よのすけ》と呼ばれる、誰もが知る色好《プレイボーイ》みなのであった。

両親が彼を溺愛《できあい》したことはいうまでもない。四歳《さい》の十一月には髪《かみ》の毛が生《は》え揃《そろ》い、明くる年には袴着《はかまぎ》の祝いも済ませ、神参りのおかげで六歳の疱瘡《ほうそう》も軽く済み、明けて七歳の夏の夜を迎《むか》えた――。

世之介は、枕《まくら》をはねのけ、あくびをしながら障子のカギをはずそうとゴソゴソしていた。隣《となり》でひかえていた子守《こもり》の女中《メイド》がそれと察して、ろうそくに火をともし、世之介の手を引き、部屋の外へ出た。長い廊下《ろうか》をずっと歩いて、南天《なんてん》が茂った東北の角にまで導き、物陰《ものかげ》の厠《トイレ》でおしっこさせた。

世之介が手を洗おうと、竹すのこの上のひしゃくに手を伸ばした時、女中《メイド》が、

「暗闇《くらやみ》でお怪我をなさっては……」

と心配してろうそくをさし寄せると、

「その火を消して、ぼくのそばへおいで」

と、世之介が言う。

「坊《ぼ》っちゃんの足下《あしもと》が危ないと思って明《あ》かるくしていますのに、暗がりにしては危ないじゃありませんか」

と、思わず女中《メイド》は言葉を返した。すると世之介は頷《うなず》いて、

「お前は、〝恋は闇〟ということを知らないの？」

とませたことを言う。護衛役《ボディーガード》の女中《メイド》は面白《おもしろ》く思って、望み通りに息を吹《ふ》きかけて暗くしてやった。

すると、世之介は、その女の左の袖《そで》を引っ張りながら、

「乳母《うば》には気づかれていないよね？」

なんて、おかしなところに気を配る奴《やつ》だ。

女中《メイド》はすぐさま奥《おく》さまのところへご報告に向かった。

「大昔、イザナギ・イザナミのお二人が天《あま》の浮橋《うきはし》で初めて交わろうとした時には、やり方が分からなかったといいますが、そこへ来るとお坊ちゃんは、知らないながらもすっかり色気づいて、私をお口説《くど》きになりましたよ」

これを聞いた奥さまは手放しで喜んだというから、この母にしてこの息子あり。

世之介は、日に日に色事《いろごと》へ心を募《つの》らせるようになった。お気に入りの春画《グラビア》を集め、本棚《ほんだな》には他人《ひと》に見せられない本でぎっしり。

「ぼくの部屋へは呼ばない者は来ないでくれ」

と、人の出入りを禁じたのは、心憎《こころにく》い態度ではあるまいか。

　そうかと思えばある時は、妙《みょう》なものを折り紙でこしらえて女中《メイド》に渡し、

「比翼《ひよく》の鳥っていうのは、オスとメスが合体しないと飛べないんだ。こんな姿をしているんだぜ」

と言う。またある時は、造花を梢《こずえ》に取り付けては、

「この夫婦花《めおと》をお前にやろう」

と言い出す始末であった。

　やがて、ふんどしを一人で締《し》め、帯も自分で前に結んで後ろに回せるようになった。そうなると、兵部卿《ひょうぶきょう》という匂い袋《オーデコロン》を袖にたきしめる色男ぶりで、大人顔負け。一丁前に女心をそそるようになった。同じ年頃《としごろ》の子供と凧揚《たこあ》げで遊んでいても、そんなものには一向に興味はないらしく、

「〝雲に架《か》け橋《はし》〟と言うけれど、昔は天にも流星人《よばいびと》がいたのかな？　七夕に雨が降ったら、織姫《おりひめ》と彦星《ひこぼし》のせっかくの年一回の逢引《あいび》きができないんじゃないか？」

と、遠い天界に思いを馳《は》せる有様《ありさま》であった。

万事《ばんじ》この調子で恋に身を悩《なや》ませ続けた世之介の生涯《しょうがい》。六十歳までの五十四年間で、戯《たわむ》れた女の数は三千七百四十二人、男は七百二十五人に及《およ》んだ。このことは自身の日記に書かれている。幼い頃より、色事にかまけ精《せい》も魂《こん》も使い果たしたが、よくもまぁ、命が続いたものである。

コラム

世《よ》之《の》介《すけ》の口《く》説《ど》きテク

異性を口説くテクニックの上手下手を、当意即妙《とういそくみょう》に基準を置いて判断するならば、この話の世之介は最も巧《たく》みだといえるでしょう。夜中に小便で目を覚ました世之介は、お伴《とも》のメイドの一人が灯《とも》したろうそくの火を消して、「お前は、〝恋は闇〟（＝人は恋をすると前後が見えなくなってしまう）ということを知らないの？」と口説きかけたのですから。漆黒《しっこく》の闇が辺りを包むシチュエーションに「恋は闇」ほど絶妙《ぜつみょう》なフレーズはなかったでしょう。

これ以降も、世之介の口説きテクは健在です。たとえば、世之介に裸《はだか》を覗《のぞ》かれたある女中《メイド》は口封《くちふう》じのためにおもちゃを渡《わた》しましたが、「お前と出来た子を泣きやませるのに役立ちそうだ」と口説き（九歳《さい》）、夫のある女性には、「たとえ刃物《はもの》で切られようと」とすごみ（十六歳）、神に仕える巫女《みこ》に魅《ひ》かれた時は、神無月《かんなづき》（十月）であったことを引き合いに、「神さまはちょうど今お留守だから、心遣《こころづか》いは無用だ」と言い寄り、まんまと恋を成就《じょうじゅ》させてい

一条戻橋

ます（二十七歳）。

ところで、世之介が七歳にして女中《メイド》を口説くのはいささか早熟過ぎやしないかと思われたかもしれません。実は、世之介が七歳で性に目覚めたのは、早熟なだけではありません。礼儀《れいぎ》作法を記載《きさい》した中国の古い典籍《てんせき》である『礼記《らいき》』には、「七歳の子は、男女で席を同じくしてはならない」とあり、世之介はまさに男女の別をわきまえるべき年齢《ねんれい》に達した瞬《しゅん》間《かん》、理想的な成長を見せたのです。「恋は闇」の一件を耳にした母親が喜んだのも、決して常軌《じょうき》を逸《いっ》していたのではなく、『礼記』に記す理想的な成長過程を我が子が実践《じっせん》していることに目を細めたのでした。とはいえ、こんなブッ飛んだ親子は古今東西実在しませんがね。

⑩ 少年たちのピュア・ラブストーリー

原話・『男色大鑑』巻一の二「この道にいろはにほへと」

訳・畑中千晶

耳を澄《す》ますと、賀茂川《かもがわ》のせせらぎが聞こえてくる。ぼくはこれから、この川をさかのぼり、山に籠《こ》もって出家しようと思っている。もうこの世の中に未練《みれん》なんてない。ぼくの片割れであった新之助《しんのすけ》は、もうこの世にはいないのだから。ぼくの心にはポッカリと穴が空いている。

ぼくは今、十四歳《さい》だ。人は、これからが花盛《はなざか》りなのにという。ぼくのことをひと目見た人は、男でも女でも、それにお坊《ぼう》さんまでもが皆《みな》、ぼくと恋仲《こいなか》になろうとして色目をつかってくる。これほどの美少年はいないなんて言われると、悪い気はしなかったけれども、それも今から思えば、新之助がいつもそばにいてくれたからだ。新之助を失った今、顔立ちの美しさなんか、正直なところ、どうでもよくなった。

新之助と初めて出会ったのは、一道《いちどう》先生の塾《じゅく》に入った時だ。一道先生は、涼《すず》しい目元をした物静かな先生で、和歌や漢文も教えてくれるし、古代中国の男同士の恋の話なんかも時々聞かせてくれる。ぼくが新之助に気があることも、先生は早くから気づいていたみたいだ。何も言わないけれど、優《やさ》しい目で見守ってくれていた気がする。たぶん先生にも昔、そんな風にして好きになった男の子がいたんじゃないかな。あんなに美形なのだから、我が家のお婿《むこ》さんにぜひと望む人は多くいたと思う。それに京の町に立派なお屋敷《やしき》を六軒《けん》も持っている長者《ちょうじゃ》さんの息子《むすこ》らしいから、本来なら結婚して家を継《つ》ぐ必要があったんじゃないかな。でも、女性の顔を見るのも声を聞くのも嫌《いや》だって、弟に財産を譲《ゆず》って、賀茂山《かもやま》で暮らすようになったらしい。ぼくたちのような男の子にはとても優しくて、歌舞伎《かぶき》役者のことにもずいぶんと詳しかった。ぼくも一道先生みたいになりたいと思ったものだ。ただ、いくら女性が嫌いだからって、女性が話しかけても無視するような態度を見せるのだけは、正直どうかなって思っていたけれど。

新之助とぼくは九歳で、机も隣《つなり》同士だった。ぼくはいつも新之助のことを見ていた。新之助は勉強が終わるとすぐに手鏡を取り出して、髪型《かみがた》を直したり、顔をいつまでもながめてはほほえんだりしている。新之助の頭の中には自分のことしかないんだろうか。でも、そんなときに新之助は、ちらりとぼくを見ると「ねえ大吉《だいきち》、この前の傷は今でも痛いの」なんて聞いてくる。ぼくはドキッとしながらも「こんなの全然」と言って、そっと肩《かた》を脱《ぬ》いで見せてあげる。そこにはまだ、腫《は》れて紫《むらさき》色になっている傷があるはずだ。ぼくが決して心変わりしない証拠《しょうこ》と言って錐《きり》と小刀でつけた傷だ。この傷を見た新之助は「ぼく

のために付けた傷なんだよね」とポロポロ泣き出す。思わずぼくも涙《なみだ》を落とし、結局二人して抱《だ》き合《あ》って泣くことになる。

日直当番のときも、机を運んだり、掃除《そうじ》をしたりするのはぼくだけだ。新之助にさせるわけにはいかない。あの白くて細い指に傷なんてつけたら大変だもの。塾が始まる夕暮れ時は、橋から足を滑らせては大変だから、ぼくが新之助のことを負《お》ぶって川を渡ることになる。かわいい新之助を守るために、とにかく何でもぼくは引き受けることにしていた。それがぼくの幸せだったから。

ある日、ぼくたちに鹿《しし》が谷《たに》のお坊さまのことを話してくれた人があった。もう八十歳を超《こ》えていて、ありがたい念仏の行者《ぎょうじゃ》さんなのに、ぼくたちの姿をひと目見た瞬間《しゅんかん》から忘れられなくなって、修行《しゅぎょう》にも身が入らないという。なんだか気の毒になって、ぼくたちはそのお坊さまに会いに行くことにした。ぼくと新之助のどちらのことが好きなのか聞いてみなくてはとも思った。結局そのお坊さまは、ぼくのことも新之助のことも、同じように大切にしてくれた。こうしてお坊さまは、ぼくたちにとって特別な人になった。

それなのに翌日会いに行ったら、お坊さまはもういなかったのだ。ぼくと新之助の二人をいとしく思う気持ちを歌にして、二又《ふたまた》に分かれた竹に書き付けてあった。二人への想《おも》いがあまりに強すぎて、世間の人がどう思うかと気にしておられたようだ。ぼくたちは、その竹がお坊さまの名残《なごり》だと思って、名人に頼《たの》んで篠笛《しのぶえ》に仕立ててもらい、連れ吹《ぶ》きをして歩いてみた。笛を吹くたびお坊さまに会えるような気がしたから。

ある日のことだった。二人で笛を吹きつつ川沿いの道を歩いていると、笛の音《ね》に合わせるかのように、鈴虫《すずむし》の声がなんとも美しくリンリン、リンリンと響《ひび》いてきた。すると新之助は、その声に誘《さそ》われたかのように草原《くさはら》の中へと足を踏《ふ》み入《い》れたのだ。ぼくはふと不安に駆《か》られて「新之助、ねえ、しんのすけってば。あぶないから戻《もど》っておいでよ」と声を掛《か》けた。でも、新之助は何かに夢中になると、人の注意なんてまるで耳に入らないタイプだから、こうなったらもう、ひたすら待つしかない。リンリン、リン、リンリン。ところが、いつまで待っても戻ってくる様子がないので、しびれを切らしたぼくは、草原を分けながら中に入ってみたんだ。そうしたら、水辺で新之助が倒《たお》れているじゃないか。もうびっくりして、急いで抱き起《お》こすと必死で呼びかけた。

「新之助、ねえ、起きてよ。新之助！　新之助‼」

でも、どんなにゆすっても新之助は目を開けようとはしなかった。ぼくは、新之助を負ぶって家まで連れ帰り、一晩中そばに付いて様子を見守った。そうしたら、夜明けの鐘が鳴る頃、ほんの一瞬《いっしゅん》だけ新之助は目を開けたんだ。まるでぼくがそこにいることを確かめるかのように。そして、眠《ねむ》るように目を閉じると、もう二度と目を開けることはなかった。死ぬときは必ず一緒だよって、あれだけ何度も誓《ちか》ったはずなのに……。

賀茂川のせせらぎがぼくにささやく。毎日、経《きょう》を読みなさい、それが大切、そうすれば新之助の心に届くからと。この篠笛は砕《くだ》いて焼いてしまおう。もうぼくには必要ないからね。黒髪《くろかみ》も自分で剃《そ》るつもりだ。誰《だれ》も引き止めることはできないよ。もうぼくは出家すると決めたのだから。

コラム

西鶴の描《えが》いた〈同級生〉の恋

『男色大鑑《なんしょくおおかがみ》』は、男同士の恋ばかりを集めた作品集です。本話はその「いろはにほへと」、つまり入門編です。同年齢《ねんれい》の男の子二人が恋仲になるという設定は、定番の組み合わせ（大人の男性と元服《げんぷく》前の少年）では全くないけれども、あえてこのように初々《ういうい》しい二人を登場させているところが、実に心憎《こころにく》い設定だと思います。中村明日美子《あすみこ》のＢＬコミック『同級生』（茜新社）のひそみにならって、本話のタイトルは付けました。

賀茂川《かもがわ》と合流する高野川《たかのがわ》沿いに庵《いおり》を構えた、男色《なんしょく》の香《かお》りのする人物といえば石川丈《いしかわじょう》山《ざん》。一道《いちどう》先生のモデルです（一道＝〝この道〟一筋に生きる男の意）。〝この道〟とは、江戸《えど》時代の言葉で若衆道《わかしゅどう》、衆道《しゅどう》、美道《びどう》などと言います。元服した男が若衆（元服前の少年）と念契《ねんけい》（ステディな関係）を結び、女性を遠ざけて生きていく、恋の道（＝色道《しきどう》）の一つです。本話には、僧侶《そうりょ》（念仏の行者《ぎょうじゃ》）、武家（少年たち）、町人（一道）が登場するほか、歌舞伎《かぶき》若衆への関心も描き込《こ》

詩仙堂山門

まれていて、『男色大鑑』の世界のダイジェストになっています。
男色は文芸の香り深い世界で、少年たちは和歌・漢詩から人生観にいたるまで、師匠《ししょう》や僧侶から学び取っていたことでしょう。真《しん》雅僧正《がそうじょう》が在原業平《ありわらのなりひら》に寄せたという恋の歌「思ひ出づるときはの山の岩つづじ言はねばこそあれ恋しきものを（思い出す時は常盤《ときわ》の山の「岩《いわ》つつじ」でいよう。「言わ」ないけれども君が恋しいのだ）」が、西鶴本文では引用されています。心に秘めた強い想いこそ、文学を生み出すエネルギーの源なのです。
なお、本作後半に「BL能《びーえるのう》」として注目される謡曲《ようきょく》『松虫』を取り込んでいます。

⑪ ムダなし生活術の極意《ごくい》

原話・『日本永代蔵』巻二の一「世界の借屋大将」

訳・松村美奈

私の父、藤尾市兵衛《ふじおいちべえ》は、自分一代でなんと銀二千貫目《がんめ》（現在の約二十億円）の財産をためたカリスマとして評判の男です。長崎商《あきな》いという一見派手な商売とは裏腹《うらはら》に、健康と堅実《けんじつ》さが第一と世間に知らしめました。でもこの父、ただのケチではなく、実質《じっしつ》第一主義で徹《てっ》底的《ていてき》にムダなことを省《はぶ》いた、といった方がいいかもしれません。物事を割り切って考え、町人の生き方の模範《もはん》を、身をもって示そうとしたのではないかなと思っています。

その倹約《けんやく》術をちょっとご紹介《しょうかい》しましょう。使い古しの紙は必ずメモ帳にして再利用するのは当たり前。両替屋《りょうがえや》の収入や支出は、店の中堅《ちゅうけん》どころの手代《てだい》さんから聞き出して一銭一文まで正確に記す超《ちょう》メモ魔《ま》。米問屋《こめどんや》の手代さんが通りかかれば、必ず引き留《と》めて取引の値段を聞き出してはメモ。あらゆる商売関係の情報を聞き出してメモに書き留めていたので、何でも知っていましたよ。だから毎日のお金の動きを知りたい人は、みんな父のところに集まってきました。

父の普段《ふだん》の格好はといえば、単衣《ひとえ》の襦袢《じゅばん》、つまりぺらぺらの肌着《はだぎ》の上に、綿《わた》の入った分厚い着物を一枚着ているだけでした。それでも結構おしゃれなところもあり、袖口《そでぐち》がボロけてくると、ちょっと別の布を縫《ぬ》い付《つ》けてリメイクしたりしていました。経済的なうえに新奇《ユニーク》にも見えたりして、ちょっとしたファッションリーダーだったんですよ。足元はいつも革《かわ》の足袋《たび》に雪駄《せった》、つまり裏に革を貼った竹皮の草履《ぞうり》をはいていました。革は丈夫《じょうぶ》で長持ちですからね。絹《きぬ》の着物も一生のうちに持ったのはたった二着の紬《つむぎ》だけ。一枚は薄《うす》い花色、もう一枚は流行の色物。でも流行の色はリメイクできないので、

「無駄《むだ》な買い物をしてしまった！」

と悔《く》やんでいました。礼服も、いつでも使えるように家紋《かもん》はありきたりなものを選び、何回も使えるようにきちんとしまっていました。

町内の付き合いでお葬式《そうしき》に出かけることがあったりしますよね。そんな時火葬場《かそうば》のある京都郊外《こうがい》の鳥部山《とりべやま》まで行ったら、手ぶらでは帰ってきません。センブリ草を引《ひ》っこ抜《ぬ》いて帰ってきては、

「胃腸薬になるから大切にしなさい」

なんて言ってましたし、つまずこうものならその場で石を拾って帰り、火打《ひう》ち石として再利用していました。徹底してるでしょう？

お金を貯《た》めてからは別ですが、私が小さいころは、新年を迎《むか》えても家で餅《もち》つきをしなかっ

たんですよ。いろいろ忙《いそが》しい時期で手間もかかるから、

「今年の餅代はこれだけでいい」

と値段を決めて、京都の大仏前の餅屋《もちや》でつかせていました。家でつくよりも、こちらの方が実は格安なんですよね。

そうそう、こんなことがありました。ある十二月二十八日の夜明け、餅屋さんの若《わか》い衆《しゅう》が、ほっかほかのつきたてのお餅を運んできて、

「お待たせしました！」

と声をかけました。でも父は知らんぷり。店先でソロバンを弾《はじ》いていました。餅屋さんが何度も催促《さいそく》するので、手代が受け取りました。二時間後、父は手代さんに言いました。

「今の餅を受け取ったのか？」

「はあ、困っていたので受け取りましたけど」

父は不機嫌《ふきげん》そうに、

「ほかほかの温かい餅を受け取るとは……。この家に奉公《ほうこう》する資格のないやつだな。今すぐ餅の重さをはかってみろ」

そう言われた手代は渋々《しぶしぶ》はかりなおしました。

「へえ、あれ？　さっきより軽くなっている……しまった！　水分を含《ふく》んで重い時の値《あたい》で金を払《はら》ってしまった！」

手代はお餅をまるごと食べたようにあんぐり口を開けて、父の鋭《するど》い指摘《してき》に感心していました。

夏になると、京都南の九条東寺《くじょうとうじ》あたりの村人が初物《はつもの》のナスを売りに来ました。初物を食べると七十五日命が延びるといわれていますよね。だから誰《だれ》もが皆《みな》二つ買ってしまうものです。一つが二文《もん》（約六〇円）だけど、二つなら三文なんて言われれば特にね。ところが、父は違《ちが》います。一つしか買いません。残りの一文で、旬《しゅん》の時期に大きいのを買えるという理屈《りくつ》です。皆さん、なかなかの父だと思いませんか。

え？　私への教育はどうでしたかって？　じゃあ、少しお話ししましょうか。

うちの屋敷《やしき》の空き地には、お正月の雑煮箸《ぞうにはし》用の柳《やなぎ》や、注連縄《しめなわ》に使うゆずり葉《は》、節分に飾《かざ》るための柊《ひいらぎ》、節句用の桃《もも》の木と花菖蒲《はなしょうぶ》、八月一日の作り物に使う数珠玉《じゅずだま》などが植えられていました。全部実用的な植物ばかりです。そうそう、垣根《かきね》に朝顔が生えかかった時なんて、

「毎朝同じ眺めになるのも虚《むな》しいものだ」

なんて言って、刀豆《なたまめ》に植え替《か》えるようなお茶目なところもあるんですよ。後から聞いたら、

「刀豆は漬《つ》け物《もの》にして食べられるからな」

と話していました。さすが父、ここでもぬかりがありませんでした。

私の成長をいつも楽しみにしてくれていたし、とても可愛《かわい》がってくれました。父はいろは歌を自分で作って私に読み習わせ、寺子屋《てらこや》にも通わせず、直接家で手習《てなら》いを教えてくれました。当然倹約の方法についても、手習いを始めた八歳《さい》の頃から仕込《しこ》まれました。袂《たもと》を墨《すみ》で汚《よご》すなんてもってのほか。三月の節句《せっく》の雛《ひな》遊びや八月の盆踊《ぼんおど》りなんてしたことはありません。あんなもの、いったい何が楽しいんでしょうか。父の教育方針のおかげで、毎日の髪《かみ》のお手入れは自分でできますし、着物を寸法ピッタリに仕立てることもできます。おかげで困ることは何もないので、とても感謝しています。

それでも、私が年ごろになった時には嫁入《よめい》り屏風《びょうぶ》も準備してくれました。その屏風の絵も、他の家とは少し違っていたんですよ。普通《ふつう》の女の子が準備してもらう屏風絵は京都の名所尽《づ》くしやら『源氏物語《げんじものがたり》』『伊勢物語《いせものがたり》』のきれいな絵でしょう？　ところが私のもの

には、兵庫の多田《ただ》の銀山の最盛期《さいせいき》の様子が描《えが》かれているんです。洒落《しゃれ》ているでしょ？　父がいうには、名所の絵を見たら遊びに行きたくなるし、物語の絵を見たら、浮気心《うわき》が起こりそうだから、ですって。ちょっと変わっていますけど、父らしくて私は結構気に入っています。

こんな父の生き方を学ぼうと、ご近所の息子さんたちが家に来ることがよくありました。

「息子たちがお金持ちになれますように、ご指導をよろしくお願いします」

と頼《たの》まれますと、私はお客さまをおもてなしするように父から言いつけられます。

皆さん、夜いらっしゃるので、私は明かりを暗くして待ち、お客さんの声が聞こえたら部屋を明るくします。待っている間の油ももったいないですからね。これも父の教えです。

お客さま方は、部屋でお待ちになっていた時、私が台所ですり鉢《ばち》をする音に耳を傾《かたむ》けながらいろいろ想像をめぐらせていたようです。

「きっと皮付き鯨《くじら》の吸い物がでてくるぞ」

「正月だから雑煮《ぞうに》だろ？」

「いや、煮麺《にゅうめん》だよ」

やがて父が客の前に出ていき、三人の客に世渡《よわた》りの秘訣《ひけつ》を語って聞かせていました。すると客の一人が質問しました。

「今日は七草がゆを食べる日ですが、もともとはどのような理由からですか？」

そろそろ空腹になってきたのでしょう。下心《したごころ》がうかがえました。

「これは神代《かみよ》の昔からの節約の心得です。神さまが、少ない米でも雑炊《ぞうすい》にして食べると満腹になるということを教えて下さったのです」

また一人が質問しました。

「では、元旦《がんたん》に、竈《かまど》の上につるす掛《か》け鯛《だい》という風習《ふうしゅう》がありますが、それを六月まで竈の前に置くのはなぜですか？」

「ああ、あれは朝晩見るだけで、魚を食った気持ちになりなさい、ということです」

また、もう一人の客が聞きました。

「柳の木でつくった白木の太い雑煮用の箸《はし》を、正月に使う理由は何でしょう？」

「ああ、あれは、汚《けが》れた時に白く削《けず》って、一膳《ぜん》の箸で一年もたせるようにしなさいということです。これもまた、神話のイザナギ・イザナミの神さまを表したものです。使う時はお気をつけなさいませ。

さて、随分《ずいぶん》話も長くなりましたね。あれ？　皆さま、そろそろ夜食《やしょく》でも出る頃なんて期待しておられませんか？　いやいや、ここで出さないのが、大金持ちになる秘訣です。先ほどすり鉢の音が聞こえましたね。あれは新年に大福帳《だいふくちょう》（毎月の売上高《うりあげだか》を書き入れる帳簿《ちょうぼ》）の表紙を貼《は》るための糊《のり》を摺《す》らせていた音です。おや、もしや夜食の準備かと思われましたか？

これは失礼！　あっはっは〜」

と言って父は得意げに席を立ち、その場はお開き。その時の三人の客の顔ときたら悲しいやら、情けないやら。

ね？　強烈《きょうれつ》でしょう？　この時ばかりは、お客さまに対してここまでやるとは思っていなくて、私も少しあきれてしまいました。

こんな調子で、その後も父の倹約生活はずっと続きました。

ある日父は、「せっかく嫁入り屏風を準備したのに、使わないのはもったない！」と言い出し、私の結婚《けっこん》相手を決めてきたのです。その相手というのが、なんとあの三人のお客さまの一人だったのです。どの質問をした方か、分かりますか？　雑煮用のお箸の質問を

した方です。父は、彼のことを最も倹約のセンス有りと判断し、花婿《はなむこ》としてお眼鏡にかなったのでしょう。私も、彼はきっと父のように実質第一主義の堅実《けんじつ》な人にちがいないと信じて一緒《いっしょ》になりました。

でも、人生思い通りにはいきませんね。父に比べるとまだまだムダだらけで、毎日ちょっとイライラします。やっぱり父以上の男性なんて、どこにもいないのですね。離婚《りこん》して！なんて言ってもめてしまったら、多額のお金がかかりそうですし、少しずつ成長させなきゃと思っています。結婚生活も、ムダは禁物《きんもつ》。損なことなど致《いた》しません、私は賢《かしこ》い藤市の娘ですから。ガマン、ガマン！

こんな父ですが、実は、自宅はずっと借家《しゃくや》住まいだったのです。保証人《ほしょうにん》がお役人さまに、

「室町菱屋《むろまちひしや》長左衛門《ちょうざえもん》殿の借家に居られる藤尾市兵衛と申す男は、確かに千貫目《せんがんめ》の財産を持っておりますので、不払《ふばら》いの問題はございません。」

という保証書を出したくらいです。だから、広い世間で自分は大金持ちだと自信満々で生きていました。京都中でも大変な評判でしたしね。

ある時、貸した金の保証分として押《お》さえていた家が、利息の不払いで自然と自分のもの

になってしまいました。つまり父は、借家住まいから、とうとう家持ちとなったわけです。でもこのとき父は喜びませんでした。千貫目なんて、京都では塵《ちり》かほこり程度のはした金なのだと。自分は借家住まいだったからこそ、千貫目くらいでも大金持ちと言ってもらえていただけだったのだと。

こんな気落ちした父の姿を見て、私もがっかりしました。この時から、父と私の関係は、ギクシャクしています。

あ〜あ、カリスマ藤市も実は「フツーの人」だったのですね。私にとってはずっと「特別なお父さん」でいてほしかったのに……。残念です。

改めて夫を見ると、行き過ぎた倹約家ではないし、適度に仕事もできて「フツー」です。でも、とても素敵《すてき》に思えてきました。やっぱり何事も「ほどほど」が一番なのかもしれません。

コラム

お雑煮《ぞうに》ケンミンショー

関西風

　主人公の藤市《ふじいち》は、実在の人物です。『町人《ちょうにん》考見録《こうけんろく》』という本には、「藤尾市兵衛は商人の鏡」と評されています。藤市は一代で大金持ちになっています。そのためには人と同じことをやっていてはダメでした。人の気づかないところで、ムダを省くという心配りが大切だったのでしょうね。

　商売の道を学びに来た三人の若者は、夜食を期待してそれぞれお雑煮かな？　煮麺《にゅうめん》かな？　などと想像を膨《ふく》らませていましたが、結局、何

関東風

も食事は出ませんでした。こんなところにも藤市のブレない倹約《けんやく》精神が生きています。

ところで、お客さんの一人が思《おも》い浮《う》かべたお雑煮は、どんなものを想像しましたか。すり鉢で何かをすっていたとすれば、多分それはお味《み》噌《そ》です。このお話は京都の町が舞台《ぶたい》ですから、白味噌で、おもちの形は丸もち。大根やニンジンなんかも入ったお雑煮だったに違《ちが》いありません。このお雑煮をわざわざ柳《やなぎ》で作ったお箸《はし》を使って食べるのです。あれ？　皆さんの想像とは違いましたか。そうなんです。カップうどんの出汁《だし》の味が東日本と西日本で違うように、大きく分けるとお雑煮も日本の東と西では違い、地域によって色々な種類のお雑煮があるので

小豆雑煮

す。たとえば、本話の屏風《びょうぶ》に描《えが》かれた兵庫県のお雑煮は丸餅《まるもち》で、すまし汁仕立てと白味噌仕立てが混在したエリアだそうです。他にも、佐渡《さど》のお正月には、おもちにつぶあんをかけたぜんざい風のものを食べるそうですし、赤味噌文化の愛知県のお雑煮はなぜかすまし汁だったりします。知りませんでしたか？　ならば「お雑煮文化圏マップ」というものがいくつか出ていますので、早速検索《けんさく》してみましょう。あなたが毎年お正月に食べているお雑煮のおもちの形は？　具は何？　出汁は何色？　小豆《あずき》は使いますか？

さあ、みんなでお雑煮カミングアウト!!

⑫ 江戸《えど》のわらしべはし長者《ちょうじゃ》

原話・『日本永代蔵』巻三の一「煎じやう常とはかはる問薬」

訳・早川由美

これは、昔お江戸《えど》で無一文《むいちもん》から大金持ちになった男の不思議な物語。

四十に近い歳《とし》になっても、貧乏《びんぼう》な男がいた。男は、花のお江戸の日本橋《にほんばし》の南につっ立って、一日ぼーっと人通りを眺《なが》めていた。すると、お大名のお屋敷《やしき》の建設現場から大工たちが大勢で帰ってくるのに出会った。見習いの小僧《こぞう》が、立派なヒノキの切《き》れ端《はし》やかんなくずを山盛りにした箱をかついで後からついていくんだが、その箱からぽろぽろと木くずが落ちている。

「あれ、もったいない」

そう思った男は、小僧の後についてその木くずを拾っていったが、大工たちはまったく気にしなかった。さすが、天下の城下町、たいそう景気がいいのは、徳川《とくがわ》将軍さまのありがたさというべきだろう。

そうして、拾った木くずを売ったところ、なんと二百五十文のもうけになった。もったいない、という気持ちから、拾ったただの木くずが今でいう九千円近くにもなったというわけで、翌日からは大工たちの帰りを待って、木くずを拾って歩いた。毎日抱えきれないほどの木くずが拾えたそうだ。

雨の日、大工の仕事は休みになる。そんな日は、拾っておいた木くずを削《けず》って箸《はし》を作って、八百屋に卸売《おろしう》りした。

木くずは箸になり、貧乏だった男はいつの間にか箸屋善兵衛《はしやぜんべえ》と言われる大金持ちになった。箸がいつのまにか大木になったようなもので、男は材木を商《あきな》うようになり、船《ふね》の帆柱《ほばしら》の買い置きで思うままに金もうけして、四十年のうちに十万両（四百億円）もの蓄《たくわ》えがある材木商になったということだ。ゼロから十万両！　奇蹟《ミラクル》だ。

そうして、七十も過ぎて悠々《ゆうゆう》の隠居生活《セカンドライフ》。それまでは、木綿《もめん》しか着たことがなかった善兵衛は、絹織《シルク》の飛驒紬《ひだつむぎ》の上下を着るようになった。食べ物も少々贅沢《ぜいたく》をして、江戸前の魚を食べ、築地《つきじ》の西本願寺へ日参して、帰りには木挽町《こびきちょう》の歌舞伎《かぶき》見物をする。夜には気ままな自宅に碁《ご》友だちを招いて対局《たいきょく》を楽しみ、風流な茶会《ちゃかい》を催《もよお》して、初咲《ざ》きの水仙《すいせん》を生《い》けてみるなど、なんと悠々自適《ゆうゆうじてき》な風流三昧《ふうりゅうざんまい》。

あの貧乏だった男がいつの間にこんな趣味《しゅみ》を身につけたのかと不思議がられたそうだが、まあ金さえあれば、趣味の一つや二つ、なんとかなるものだ。木くず拾いから金持ちにはなったが、衣食住に貧乏でけちくさかった善兵衛が、お大尽《セレブ》の仲間入りだ。

八十八歳の時には縁起物《えんぎもの》の枡《ます》かき（枡に持った米を平らにする儀式）を頼まれたり、子どもの名付け親を頼まれたり、人にいろいろと頼られる評判の人物になった。

そうなると亡くなった後でも、立派な人だったという評判は残るし、人にありがたがられてまるで仏さまのように言われる。あの世でもきっといいことがあるだろうと、多くの人がうらやましがったそうだ。

昔話の「わらしべ長者」は、「わら」を拾って金持ちになったが、拾った木くずから長者になった「木くず長者」の話はこれで終わり。おや、「はし長者」という題名がついていた。

どうして善兵衛は日本橋のたもとに立っていたのか、わかるかな。それは、お告げがあったからだそうだ。

善兵衛は、正月に「どうか、貧乏な私をお救いください」と商売の神さまに願ったところ、うたたねの夢の中に出てきた神さまからは、

「そんな都合のいい願いを聞いていたら、神の身がもたん」

と冷たく言われた。それで、善兵衛は神頼《かみだの》みを止めて、ある金持ちにどうしたら金持ちに

なれるか聞きにいったという。その金持ちが教えてくれたのが、金持ちになるための三つの要点《ポイント》だった。

「仕事、倹約《けんやく》、健康の三つを守ること。身体を壊《こわ》すほど仕事をしたりしてはいけないということですよ。しかし、これだけではまだ足りません。絶対にやってはいけないことがあります。

一に衣食住の贅沢、二にうまい話に乗ること、三に金のかかる付き合い。

いいですか、守ること三つ、やらないこと三つ。とにかく贅沢をせず、余計な出費を避けること。これをしっかり守ることですよ」

なあんだ、当たり前のことだと思うけれども、なかなかきっちり守ることは難しい。

善兵衛はこの三つの教えを一生懸命《いっしょうけんめい》守って、質素《しっそ》倹約、ムダをはぶいた暮らしをするようになった。そして、元手《もとで》なしで出来る商売はないかと日本橋の南の端に立って、一日中通りをゆく人を見ていたときにひらめいたのが、木くず拾いだった。そのままだとゴミになる木くずを拾うのは、倹約の延長であるし、こつこつと木ぎれを集めるのは、一攫千《いっかくせん》金《きん》のうまい話とは逆方向の態度だ。

つまり、「橋《はし》」で切れ「端《はし》」を拾って、「箸《はし》」を作って、大金持ちになったというんで、「木くず長者」ではなくて、「はし長者」と言ったほうがいいだろう（これをダジャレか親父《おやじ》ギャグかよって、思ったあなた！　言葉遊びは日本の大切な文化。それがわからんとは情けない）。

ところで、この甚兵衛さんは、じいさんになってからは三つの教えを守っていない。衣食住に贅沢をして、金のかかる付き合いもやっているじゃないか。

富士山《ふじさん》ほどの金の山を持っていたとしても、ケチケチして人に恨《うら》まれていたならば虚《むな》しいもんだ。人間死んだら土に帰るか、煙《けむり》になって天に昇《のぼ》るか、どっちにしても金をあの世へ持っていくことはできない。それをよ〜く悟《さと》って、老後の楽しみができるくらいの資金を貯めておいて、この世の楽しみをし尽《つ》くしたということだ。

よいかな！　ここからが大切！　しっかり覚えること！

人間は若い時にしっかり稼《かせ》いで、年寄りになったらそれを人に施《ほどこ》すこと。金というのは、どんなにため込《こ》んでもあの世へは持っていけない！　くりかえすけど、ここんとこ大事！

え、若い今楽しみたい？　年取ってからオシャレしたり、おいしいもの食べてもつまらない？　ま、死ぬまでその調子で使えるほど金があるなら、別にいいんですがね。何にしても、なくてはならないものは金。まずは金を稼がなくちゃ。金さえあればどうにでもなる。金の世の中とはよくいったものですよ。

さあ、これで本当に「わらしべ長者」のような「はし長者」のお話はおしまい。飲んだら金持ちになれる薬なんてないから、まずは外へ出てあたりを見回してみよう。あなたの「わらしべ」が落ちているかもしれないよ。

コラム

モテ男とダメ男

西鶴は、理想の町人の生き方としてそれなりの金の使い方をすることを勧《すす》めています。

ここでは遊廓《ゆうかく》でモテる男（本物のセレブ）とモテないダメ男（偽《にせ》セレブ）の違《ちが》いを見てみたいと思います。

まずは服装ですが、モテ男の下着は普段《ふだん》からシルク。上着もシルクでお気に入りの遊女のマークをさりげなく模様にしたもの。その上に、輸入ブランドのウールの羽織《はおり》。一方、ダメ男の下着は木綿《もめん》。だけど遊女に会う時だけ見栄《みえ》を張ってシルク。上着は木綿《もめん》、その上の安っぽい麻布《あさぬの》の羽織には四寸《すん》（十六センチ）ほどのキャラクター模様をつけています。

次に、男の品格は持ち物、特に腰《こし》に差《さ》している刀（脇指《わきざし》）を見れば一目でわかります。モテ男は、外国産の鮫皮《さめがわ》や金を使った飾《かざ》り付きの長めの脇指。財布《さいふ》にはおしゃれなストラップ。これらはすべて職人による一点物。扇《おうぎ》はブランド物、高級ティッシュは必需品《ひつじゅひん》。ダメ

右側は遊び人の若旦那、左側はダメ男。見ただけではわからない！？

男の持ち物はすべて大量生産の安物で、ティッシュさえ持っていません。

そして、モテ男は一流セレブなのでブランド鶏《とり》と特売品の鶏の味の違いがわかります。ダメ男は知ったかぶりして、産地を間違《まちが》ったりして、笑われます。一流品とそうでないものが見分けられるのがモテ男なのです。

お金のないダメ男が見栄《みえ》を張って贅沢《ぜいたく》をして遊女遊びなんかしたら、あっという間に破産です。でも、お金持ちになったら、シャレた小物を身につけ、おいしいものを食べたりして、お金をかっこよく使ってモテ男になりましょう。

解説——

西鶴とは何者か？

芭蕉《ばしょう》も黄門《こうもん》さまも同世代！——西鶴の生きた時代

貞享《じょうきょう》・元禄《げんろく》（一六八四～一七〇四）のころ、大坂に平山藤五《ひらやまとうご》という町人がいた。裕福《ゆうふく》ではあったが、妻に先立たれ、残された盲目《もうもく》の娘《むすめ》も先に死んでしまう。無常を感じたのか、その後は半僧半俗《そうぞく》の身分で諸国を自由に巡《めぐ》り歩いた。俳諧《はいかい》を好んで、独自の流儀《りゅうぎ》で句作をし、さらには西鶴と名を改めて、数々の小説（浮世草子《うきよぞうし》）を執筆した……。

以上は、西鶴が死んでから四十年ほど後の聞き書きとして、伊藤梅宇《いとうばいう》という人が『見聞談叢《けんもんだんそう》』という本に記していることです。井原西鶴の人となりについて書き残された、現存唯一《ゆいいつ》の資料といってよいものなのですが、残念なことに、これをどこまで信じてよいのやら、証明してくれるものが他にありません。信頼《しんらい》できる記録が乏《とぼ》しく、情けないほどにあいまいなのが、西鶴という人の実人生なのです。

でも、そんなことはどうでもよいのかもしれません。彼の名前で書き残された二十ほどの作品があり、それらが極《きわ》めて魅力《みりょく》的であり、刊行当初から今日に至るまで、多くの読者を楽しませてきたという事実があるのですから。そして、この本を手にしたあなたの「読む」という行為《こうい》によって、また新たな命が西鶴作品に吹《ふ》き込《こ》まれるのです。

もちろん、西鶴が生きた時代を知っておくことは、より面白《おもしろ》く読む上で有効ともいえるでしょう。西鶴が亡《な》くなったのは元禄六年八月十日、五十二歳《さい》であったといいます。つまり、一六四二年から一六九三年まで生きた人だったということになります。

それだけではまだまだイメージがわかないでしょうから、ほぼ同じころを生きていた人々を並べてみましょう。『おくのほそ道』で有名な松尾芭蕉《まつおばしょう》は、一六四四年に生まれて一六九四年に没《ぼっ》しています。数年のずれはあるものの、二人が生きた年月はほぼ重なっているといえます。元禄時代の文芸といえば、浮世草子の西鶴、俳諧の松尾芭蕉と並んで教科書に記されているのが、浄瑠璃の近松門左衛門です。『曽根崎心中』の作者として有名なこの人は、一六五三年に生まれて一七二四年に亡くなっていますから、先の二人よりも十年ほど若い世代になります。

徳川《とくがわ》将軍に目を向けてみるならば、「生類憐《しょうるいあわれ》みの令」で有名な五代将軍の綱吉《つなよし》が、一六四六年に生まれて一七〇九年に亡くなっています。西鶴や芭蕉より二歳ほど年下で、十年以上長生きをしたわけです。そしておそらくは最もイメージしやすい人物、水戸の黄門《こうもん》さまこと徳川光圀《みつくに》は、一六二八年に生まれて一七〇〇年に没しています。西鶴・芭蕉より十五歳以上年上ながら、彼らが亡くなった後も五年ほど生きていたわけです。

歴史好きの方もいるかもしれませんので、もう少し具体的なエピソードで説明しましょう。西鶴や芭蕉が生まれたころは、関ケ原《せきがはら》の合戦《かっせん》があった一六〇〇年から約四十年後、大坂夏《なつ》の陣《じん》で豊臣《とよとみ》氏が滅《ほろ》んだ一六一五年から約二十五年が経過しています。ですから、彼らには戦乱の時代の記憶《きおく》はまったくありません。そしてこの二人が最も活躍《かつやく》したのはともに四十代以降のことですが、その時期の周囲の人々もまた、「戦争を知らない」世代ばかりになっていたわけです。

この、徳川幕府が開かれてからの百年ほどの間に、米の収穫量《しゅうかく》も、経済活動も、そして人口も飛躍《ひやく》的に増大しました。西鶴が住んでいた大坂は、東廻《まわ》り・西廻りの航路が開発されたことで諸藩《しょはん》の生産物が集まるようになり、「天下の台所」と呼ばれるようになっていました。一方、新興都市であった江戸も、京や大坂に並ぶ大都市へと発展を続けていました。行政上の諸制度の中心でもあるこの政治都市は、綱吉の時代にひとまずの完成をみたといえるでしょう。そして、その綱吉の政権下で、西鶴は作家として活躍していたのです。

さて、ここでもっと詳《くわ》しく時代背景や西鶴の文芸活動などについて説明してもよいのですが、この本は教科書ではないのでやめておきます。知りたくなった方は、ふさわしい本がたくさんありますので193ページからの読書案内をご参照ください。ここでは、西鶴関連の書物としてはイレギュラーなこの本らしく、西鶴の姿を側面から素描《そびょう》してみたいと思います。

人はバケモノ!?——「はなし」の名人、西鶴

「百物語《ひゃくものがたり》」というものを知っていますか。ごく簡単にいえば、怪談《かいだん》話の楽しみ方の一つです。何人かの人たちが夜中に集まって一人ずつ自分の知っている怪談を話していく。その際、最初に百本のろうそくを灯《とも》しておいて、一つ話し終えるとともに一本ずつ消していく。当然のことながら、しだいに部屋の中は暗くなっていくわけです。そして百話目が終わり、最後の一本が吹き消《ふけ》されると真っ暗になる。それと同時に、本当の怪異《かいい》現象が起きる、といわれています。本当にそんなことが起こるのかどうか、興味のある方はぜひ試してみてください。ただし、火の不始末だけには十分に気をつけたうえで。

こんなことを本当にやろうと思ったら、何人くらいの人が、どれくらいの怪談話を覚えて集まらなくてはならないのでしょうか。なかなか実行は難しいように思えます。それでも、江戸時代には、百物語の作法について記した文献《ぶんけん》や、百物語の席で聞いた話を集めたという体裁《ていさい》の怪談集などがいくつも成立しています。

怪談に限らず、何人かが集まって話を聞きあうというのは、まことに手軽な娯楽《ごらく》です。インターネットへの接続や映像・音響《おんきょう》などの特別な準備は何もいりません。何人かが、それぞれに面白い話を持ち寄ってくればよいのですから。百物語も、何もすることがない夜の時間を、退屈せずに過ごすための方策であったと思われます。怪談をただ紹介《しょうかい》しあっているだけではつまらない、ちょっと緊張感を高めるような演出をほどこしてみよう。きっとそんなところから生まれたのでしょう。

話を楽しむという娯楽が江戸時代に入ってから盛《さか》んになったのは、戦乱の時代が終わったからにほかなりません。何をすることもない夜長などに、怪談話を楽しむだけの余裕《よゆう》が生じたということです。だとすれば、その話の内容は怪談に限ったものではなかったでしょう。また、今日でもそうであるように、実用的な目的がなくても、人間の心は面白い話を欲《ほっ》します。不思議な話、笑える話、泣ける話、恋のうわさや誰《だれ》かのスキャンダル、はては下世話《げせわ》な話や下ネタの話題まで。

そうです、西鶴の生きた時代は、まさに「はなし」の時代だったということができます。実は先に紹介した『見聞談叢』という本には、西鶴が大変な話し上手であった、ということも記されているのです。おそらく、彼の頭脳には数々の興味深い話が蓄積《ちくせき》されており、またそれを面白く話して聞かせる話芸のテクニックも身につけていたのでしょう。

この本に収められている「流れついた死人《しびと》」「紫織《しおり》という女」や「不運な女」の出典は『西鶴諸国《さいかくしょこく》ばなし』という短編集です。その序文《じょぶん》（まえがき）には、面白い話のタネをもとめて諸国を巡り歩いた、ということが記されています。熊野《くまの》（和歌山県）の温泉の中で泳いでいる魚がいるとか、筑前《ちくぜん》（福岡県）で二人がかりでなければ持ち上がらないような大きな蕪《かぶ》が収穫《しゅうかく》されたとか、そういった例を数々示した後で、もっともっと面白くて不思議なものがある、として西鶴は次のように結論づけます。

人はばけもの、世にないものはなし。

なんといっても不可思議なものは人間の心、ないものなんてない。つまり、なんでもアリではないか。西鶴の認識が明確に示された一言です。

町人世界のルポライター？——色欲と金銭欲の世界

人というものは、時おり思いもよらないことをする。また、世の中にはとても理解できないような性癖《せいへき》の人がいる。たとえ人生経験の浅い方であっても、ニュースやワイドショーなどのおかげで、こういった話題にはことかかない昨今ですから、奇人《きじん》変人とでもいうべき例を耳にすることは多いでしょう。

他人ごとばかりではありません。予想外の状況《じょうきょう》に直面して、今まで気がつかなかった自分の一面を知るということだってよくあるはずです。人間というのはまことに得体《えたい》のしれないところがあり、確かに「ばけもの」じみているといえるでしょう。

なにが「ばけもの」じみているかといえば、それはそれぞれの人間の心のありようです。西鶴は作品の中で、繰《く》り返《かえ》し「世《よ》の人心《ひとごころ》」というものに言及《げんきゅう》しています。多種多様の大量の「はなし」が流布《るふ》し享受《きょうじゅ》されていく時代の中で、彼が焦点《しょうてん》を合わせたのは、この「世の人心」なのです。

世間の人の心を最も左右するものは何か、といえば、色欲と金銭欲ということになるでしょう。

西鶴の小説家としてのデビューは四十一歳の時に刊行された『好色一代男《こうしょくいちだいおとこ》』でした。たちまち大人気となり、多くの部数を売り上げたこの作品は、この本に収められている「プレイボーイの誕生《たんじょう》」にも書いてある通り、世之介《よのすけ》という、寝ても覚めても色事《いろごと》ばかり考えている男の一代記、という体裁をとっています。この世之介は、情欲《じょうよく》をひたすら発散させたいという性欲願望の権化《ごんげ》といってよいでしょう。

しかし『好色一代男』は、ただそれだけの作品ではありません。この世之介が年齢を重ねながらさまざまな人と出会い、多様な地域や階層を遍歴《へんれき》していく過程を読み進めていくと、複雑多様な性のありかたが浮《う》き彫《ぼ》りになってくるのです。その中には、この世之介でさえ思わず目をそむけたくなるような醜悪《しゅうあく》な現実が暴《あば》かれたりもしています。世之介は「性のルポライター」としての役割も果たしているわけです。

一方、やはり多くの人々が取りつかれている金銭欲ですが、これは貨幣《かへい》経済の確立が前提条件です。戦乱の世が終わって高度成長が続き、それも少しかげりが見え始めてきた、というのが西鶴の生きた時代でした。商人そのものが新しく台頭《たいとう》してきた階層ですから、伝統や格式といったものは持ち合わせていません。そんなものに左右されないからこそ、現実的な発想と革新的な手法で財力をたくわえてきたのです。「ムダなし生活術の極意《ごくい》」や「江戸《えど》のわらしべはし長者《ちょうじゃ》」の出典である『日本永代蔵《にっぽんえいたいぐら》』の中で西鶴は、

俗姓《ぞくしょう》・筋目《すじめ》にもかまわず、ただ金銀が町人の氏系図《うじけいず》ぞかし。

と述べています。家柄《いえがら》や血筋などは関係ない。町人にとっては金銭だけが存在証明なのだ、ということばには、町人作家西鶴の誇《ほこ》りと不安の両方が読み取れるような気がします。

仏教や儒教《じゅきょう》の影響《えいきょう》もあって、金銭を扱《あつか》う商人は賤《いや》しい者だとみなされる時代でした。その中で、自らの知恵と努力ではい上がってきた者としての自負。『日本永代蔵』には「金さえあれば何でもできる」という記述も見えます。ただそれは一方で、商人は金を失ってしまったらもうおしまい、ということでもあります。「金が金をもうける世」、すなわ

ち、資本金がものをいう格差社会への移行も始まりつつありました。バクチのような商法で一気に大金持ちになる時代はもう去りつつあったのです。また、せっかく立派な身代を築き上げても、ほんのちょっとしたきっかけから破産に追《お》い込《こ》まれることもありました。

それゆえに、西鶴が描《えが》く金銭欲の世界には、単なる失敗・成功例にとどまらない、おかしくも悲しい人の心の陰影《いんえい》が見出《みいだ》せます。

小説の時代がやって来た！——はじめての流行作家

このように「世の人心」を巧《たく》みに描いた西鶴は、まさに「人気作家」でした。このような呼び方を用いる以上、その前提となる大切なことを説明しておかなくてはなりません。

それは、江戸時代の初期になって出版文化が確立したということです。木版《もくはん》印刷によって大量の書籍《しょせき》が発行され、商品として流通し、多くの読者が買い求めることのできる時代になったということです。

平安時代に成立した『源氏物語《げんじものがたり》』や『枕草子《まくらのそうし》』といった名作の場合を考えてみましょう。紫式部《むらさきしきぶ》や清少納言《せいしょうなごん》が執筆のときに意識した読者は確かにいたはずです。ただしそれは、見知らぬ他人ではなく、よく顔を見知っている身近な存在であったと考えられます。筆を持って書き上げたたった一つの文章を、あの人に読んでもらう。そのことでやっと一人の読者が生まれるわけです。その人がほかの人に読ませ、さらには興味のある人が書き写して本文が複数となり、そこから少しずつ読者が広がっていったはずです。その広がり方は、当時の京都とその周辺の文化圏だけに限って考えてみても、まことに遅々《ちち》たるものであったといえます。

兼好法師《けんこうほうし》の『徒然草《つれづれぐさ》』は、鎌倉《かまくら》時代の末から室町《むろまち》時代初期にかけて、すなわち南北朝《なんぼくちょう》の動乱時代に成立したといわれています。しかしながら、その百年ほど後の正徹《しょうてつ》という人の文章以前に、「兼好の書いた『徒然草』」といった記述のある文献《ぶんけん》は見当たりません。あの名随筆《ずいひつ》は、書かれてから百年近くもの間、読者をほとんど持たない孤独《こどく》な古典であった可能性が高いのです。

これらの古典がいっせいに多くの読者を得るようになるのは、江戸時代に入ってからのことなのです。徳川幕府の文治《ぶんち》政策の推進、そして町人層の知識欲の拡大などを背景に、まずは多くの漢籍《かんせき》や古典が木版印刷で出版されるようになりました。続けて、仮名《かな》を基本としたさまざまな実用書や娯楽本も創作されて出版されるようになったのです。

このような、写本《しゃほん》から版本《はんぽん》への移行によって、本は初めて「商品」となったわけです。商品である以上、どのような身分や家柄の者であっても、代金さえ払《はら》えば書物を所有し、読むことができる。また、商品である以上は売れなくてはならないので、読者の要望に応えるものでなくてはなりません。

するとそこに、顔も知らない不特定多数の読者を思い描きながら、楽しんでもらえるものを書こうとする、「作者」が登場することになります。これは、今日の小説家の立場とほとんど同じといえます。

西鶴は、まさに日本史上最初の流行作家として活躍した人なのです。

世界一の大作家⁉——西鶴とわたしたち

現代の人気作家たちは、読者が求めているものを敏感《びんかん》に察知しながら、創作活動をしています。でも、ただそれだけではなく、意外性や不協和音のようなものを作品に織《お》り交《ま》ぜます。いつの時代も読者は共感と安堵《あんど》を求める一方で、それを裏切るような刺激も求めているのです。

そういった要求に応えるという意味で、西鶴はまさに小説家のハシリといってよいでしょう。それゆえに、近現代の多くの作家たちが、西鶴を礼賛《らいさん》しお手本としてきました。「小説の神様」と呼ばれた作家がいたことをご存知でしょうか。大正から昭和初期にかけて活躍した志賀直哉《しがなおや》のことです。彼は短編小説の名手ですが、唯一の自伝的長編小説『暗夜行路《あんやこうろ》』（大正十五年〔一九二六〕）の中で、次のように書いています。

彼は二三日前お栄《えい》から日本の小説家では何という人がえらいんですか、と訊《き》かれた時、西鶴という人ですと答えた。

もちろん小説ですから、尋《たず》ねたのは主人公の家のお手伝いさんの「お栄」であり、答えたのは主人公である「時任謙作《ときとうけんさく》」にほかなりません。それでもこんな一節を志賀直哉が書いていること自体興味深いことです。

こんどは「走れメロス」などでよく知られている作家、太宰治《だざいおさむ》の文章を見てみましょう。

西鶴は、世界で一番えらい作家である。メリメ、モオパッサンの諸秀才《しゅうさい》も遠く及《およ》ばぬ。

昭和二十年（一九四五）に刊行された『新釈諸国噺《しんしゃくしょこくばなし》』の序文です。日本一どころじゃない、世界一だ、とは大きく出ましたね。実はこの作品、太宰治が敬愛する西鶴の作品の中からいくつかを選び出し、太宰流の思い入れを込めて現代語訳風に書き改めたものなのです。

ところが今日、一般《いっぱん》の方で西鶴の作品を読んだことがある、という割合はそれほど高くはありません。高等学校の教科書にも掲載《けいさい》されているのですが、先生方はほとんど避けて通っているようです。受験の古典に直結しないということと、先生方御自身が読んだことがないので手をつけない、というのがその主たる理由のようです。

近現代の作家にあれほど評価されながら、なぜか一般読者数がそれほど多くはない。そのことを、私たち西鶴研究者の大先達《せんだつ》は次のように表現しました。


文学実践《じっせん》にたずさわらない国民一般から無条件に敬愛されてきた「源氏物語」に対して、西鶴文学はもっぱら作家側で恐《おそ》れられ、いどまれ、愛されてきたのである。

(暉峻康隆《てるおかやすたか》『西鶴　評論と研究　上』中央公論社・一九四八年)


まことにもっともな指摘《してき》だと思います。「国民的愛読書」として応接間に本を並べるとしたら(といっても、こんな光景は近ごろすっかり見かけなくなりましたが)、西鶴の作品は、あまりに面白すぎ、際《きわ》どすぎるがゆえに選ばれにくいと思われます。

そんな西鶴の面白さをもっと追究し、そして読者を広げていきたい。そのような思いの仲間たちが集まり、青山学院大学の篠原進《しのはらすすむ》先生を中心に研究会を始めたのが一九九五年。西鶴研究会のスタートでした。その後、いくつかの研究書や一般向けの本を刊行してきました。この本も、そのような成果の一つです。

ただ、この本は研究書や現代語訳本ではありません。西鶴と初めて出会う読者を思い描きながら、自分たちの思い入れを織り交ぜながら書き上げました。つまり、研究者の正道《せいどう》を少々踏《ふ》み外《はず》しつつ、楽しんでみた本なのです。

太宰治は、「わたしのさいかく」とでも名づけたい気持ちで『新釈諸国噺』を書いたそうです。それにならえば、この本は現代の読者に向けての、「わたしたちのさいかく」なのです。この本をきっかけに、西鶴という人と作品に興味を持っていただければ、これ以上の喜びはありません。

それでは、この思いがまだ見ぬ読者に伝わることを願いつつ、このつたない解説を切り上げることとします。


（有働　裕）

西鶴をもっと知りたいヒトへの読書案内

私たちの作ったこの本を楽しんでいただけましたか？　みなさんの想像力は十分刺激《しげき》されたでしょうか。恐《おそ》ろしい話からつい笑ってしまう話まで、バラエティに富んだ話を収めるよう工夫《くふう》してみたつもりです。

これらのもとになった作品を紡《つむ》ぎ出した井原西鶴という作家が、他にどのような話を書いているのか、少し知りたくなったのではありませんか？　そんな皆《みな》さんのために、読みやすく工夫された本をいくつかご紹介《しょうかい》しましょう。

はじめて井原西鶴の作品を読む人のために

超訳《ちょうやく》改変版を楽しんだ後は、いよいよ原作に触《ふ》れてみましょう。まずは、分かりやすい現代語訳がついている本からご紹介します。

- **西鶴研究会編『西鶴が語る江戸のミステリー』（ぺりかん社、二〇〇四年）**

→この本は、西鶴研究会メンバーが選《え》りすぐったミステリー要素の強い作品に、やさしく現代語訳がつけられた本です。面白《おもしろ》いコラムもあり、親しみやすく理解が深まるような配慮《はいりょ》がなされています。『西鶴諸国《さいかくしょこく》ばなし』『本朝二十不孝《ほんちょうにじゅうふこう》』『本朝桜陰比事《ほんちょうおういんひじ》』などの作品から選ばれた話が収められています。

- **西鶴研究会編『西鶴が語る江戸のラブストーリー』（ぺりかん社、二〇〇六年）**

→この本は、先の「西鶴が語る」シリーズに続く第二弾《だん》として刊行された本です。西鶴作品の中の「恋愛」がテーマで、町人や武家の恋、遊女と客の関係や若い

武士同士の男色に至るまで、様々な話が取り上げられています。『好色五人女《こうしょくごにんおんな》』『好色一代男《いちだいおとこ》』『諸艶大鑑《しょえんおおかがみ》』『武家義理物語《ぶけぎりものがたり》』などの作品から選ばれた話が収められています。

● **西鶴研究会編『西鶴が語る江戸のダークサイド』（ぺりかん社、二〇一一年）**

↓この本もまた、「西鶴が語る」シリーズの第三弾として刊行されたものです。人間の心や世間に渦巻《うずま》く「闇《やみ》」にスポットをあてた作品を取り上げています。元禄《げんろく》の文化や経済などに関するコラムも充実《じゅうじつ》しており、西鶴の生きた時代がよくわかります。『日本永代蔵《にっぽんえいたいぐら》』『世間胸算用《せけんむねさんよう》』『好色一代男』などの作品から選ばれた話が収められています。

● **西鶴研究会編『西鶴諸国はなし』（三弥井書店、二〇〇九年）**

↓『西鶴諸国ばなし』の全話を収めたコンパクトな一冊です。現代語訳こそついていませんが、解説の中で簡潔にあらすじをまとめてあり、話の内容が容易に理解できるよう配慮してあります。

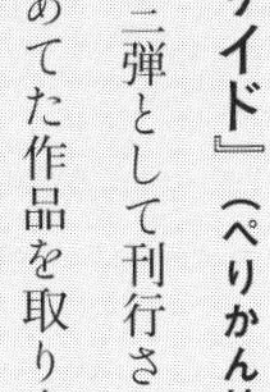

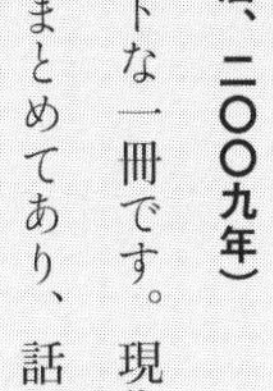

現代語訳がつけられたものを文庫本で楽しみたいという方には次のものを手にとってみてはいかがでしょうか。

- 江本裕訳注『好色五人女　全訳注』（講談社学術文庫、一九八四年）
- 谷脇理史訳注『新版好色五人女』（角川ソフィア文庫、二〇〇八年）
- 堀切実訳注『新版日本永代蔵』（角川ソフィア文庫、二〇〇九年）

↓三冊ともに、全話の詳細《しょうさい》な現代語訳と解説がついており、大変手軽に西鶴を楽しめます。

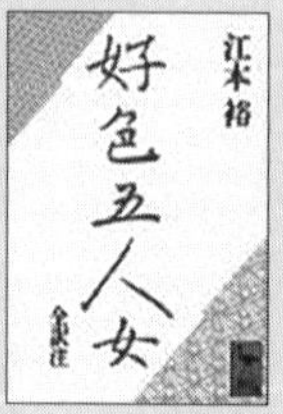

いわゆる注釈《ちゅうしゃく》書といわれる種類の本で、現代語訳がついているものには、次のようなものがあります。

- 麻生磯次・冨士昭雄『決定版　対訳西鶴全集』（明治書院、一九九二年）
- 暉峻康隆他編『井原西鶴集（1）～（4）』（小学館、一九九六年）

↓これらの本は少し専門的です。厳密《げんみつ》に解釈《かいしゃく》を考えたり、注釈を読んでみたい人には最適でしょう。

- **神保五彌他訳『日本の古典をよむ18　世間胸算用・万の文反古他』**（小学館、二〇〇八年）

↓この本は、『世間胸算用』『万《よろず》の文反古《ふみほうぐ》』の中の数章を抜粋した抄訳版です。比較的字も大きく、ざっくりと西鶴作品に触れることができます。

いやいや、もう現代語訳だけで結構デス、という方のためには、次のようなやさしい本がおすすめです。

- **三木卓『21世紀によむ日本の古典14　井原西鶴集』**（ポプラ社、二〇〇二年）
- **藤本義一『21世紀版少年少女古典文学館第17巻　西鶴名作集』**（講談社、二〇一〇年）

↓この二冊は小中学生向きにやさしく書かれている本です。『西鶴諸国ばなし』や『日本永代蔵』など有名な話が取り上げられており、解説やコラムはとても丁寧《ていねい》で充実しています。

井原西鶴を知る本——入門書

次に、作家井原西鶴への理解を深めたくなった方に向けての本をご紹介しましょう。作品や資料、挿絵《さしえ》、写真などをたくさん紹介しながら西鶴という人物をわかりやすく解説しているものから、さらに一歩踏《ふ》み込《こ》んで、作品を取り上げながら、多角的に解説してくれているものなど様々です。一流の書き手によって井原西鶴の人物像が浮《う》かび上《あ》がり、読めばますます興味がひかれます。

- **谷脇理史編『井原西鶴（新潮古典文学アルバム）』（新潮社、一九九一年）**

↓これは少々以前に出された本ですが、西鶴に関するカラー写真や図版・挿絵などが充実しています。

- **江本裕・谷脇理史編『西鶴のおもしろさ——名篇を読む（勉誠新書）』（勉誠出版、二〇〇一年）**

↓この本は西鶴作品のアンソロジーとなっています。新書版で手軽なのに知的好奇心《こうきしん》を刺激する内容です。

●『**西鶴と浮世草子研究vol.1　メディア**』（**笠間書院、二〇〇六年**）

→これは西鶴研究会と浮世草子研究会が共同で企画《きかく》した全五巻シリーズの第一巻目です。付録ＣＤが付いており、西鶴作品の全挿絵を画像で見ることができます。あとの四巻は以下の通りで、いずれも付録にＣＤやＤＶＤがついています。

●『**西鶴と浮世草子研究vol.2　怪異**』（**笠間書院、二〇〇七年**）

●『**西鶴と浮世草子研究vol.3　金銭**』（**笠間書院、二〇一〇年**）

●『**西鶴と浮世草子研究vol.4　性愛**』（**笠間書院、二〇一〇年**）

●『**西鶴と浮世草子研究vol.5　演劇**』（**笠間書院、二〇一一年**）

→なお、第四巻の付録はＤＶＤで、溝口健二《みぞぐちけんじ》監督の『西鶴一代女』という一九五二年の映画を楽しむことができます。

●**中嶋隆『新版　西鶴と元禄メディア**』（**笠間書院、二〇一一年**）

→これは西鶴の活動とその時代や文化をわかりやすく解説した本です。西鶴を知るための入門書として最適です。

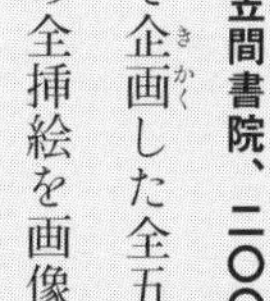

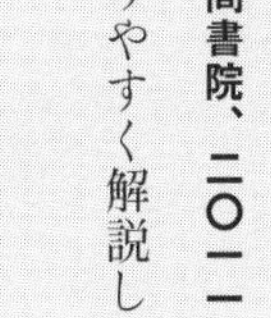

● **中嶋隆編『21世紀日本文学ガイドブック4　井原西鶴』（ひつじ書房、二〇一二年）**

↓この本は、西鶴の魅力《みりょく》を様々な角度から解説したものです。鑑賞《かんしょう》の手引きも書かれているので、作品を味わう一助となるでしょう。

時代小説

西鶴をテーマにした時代小説も出ていますので、一冊ご紹介しておきましょう。

● **朝井まかて『阿蘭陀《おらんだ》西鶴』（講談社、二〇一四年）**

↓この本は、西鶴が盲目《もうもく》の娘《むすめ》との生活を軸《じく》に、俳諧師《はいかいし》からベストセラー作家になっていくさまを描いたフィクションです。父親西鶴としての人物像が浮かび上がっていて親しみが持てます。

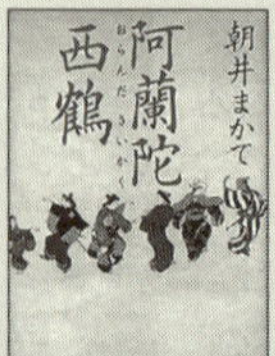

絵で楽しむ西鶴作品――マンガなど

最近は、多くの古典文学作品をマンガでも楽しめるようになってきました。そこで、最後に番外編として、マンガで読む西鶴をご紹介します。原文をふまえて充実した内容のものばかりです。作品理解を助ける書として是非活用してみてください。

- **牧美也子『マンガ日本の古典24　好色五人女（中公文庫）』（中央公論新社、二〇〇一年）**

→五人の女性たちの悲しい愛の顚末《てんまつ》が、リアルな筆致《ひっち》で描かれています。

- **『まんがで読破　好色一代男』（イーストプレス、二〇一〇年）**

→色恋の道を邁進《まいしん》する主人公世之介《よのすけ》の破天荒《はてんこう》な生き様が、かわいらしい絵を通して表現されています。

- **あんどうれい他『男色大鑑《なんしょくおおかがみ》――無惨《むざん》編――』（KADOKAWA、二〇一六年）**
- **小笠原宇紀他『男色大鑑――武士編――』（KADOKAWA、二〇一七年）**

● ARUKU他『男色大鑑――歌舞伎若衆編《かぶきわかしゅ》――』（KADOKAWA、二〇一七年）

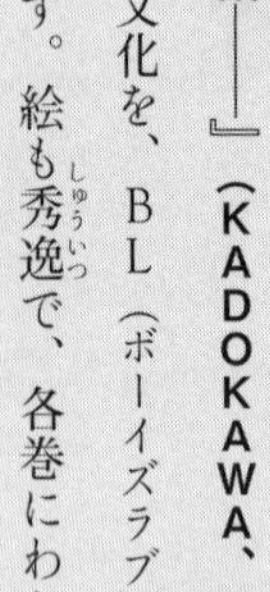

→これらの本は、シリーズ本です。江戸の男色文化を、BL（ボーイズラブ）作家たちの手によって、コミカライズした作品です。絵も秀逸《しゅういつ》で、各巻にわかりやすい解説がついています。

（松村美奈）

西鶴略年譜

寛永《かんえい》十九年	（1642）	1歳	難波《なんば》（現在の大阪府）で町人の家に生まれる。
明暦《めいれき》二年	（1656）	15歳	俳諧《はいかい》を志《こころざ》す。
寛文《かんぶん》二年	（1662）	21歳	俳諧の点者《てんじゃ》（作品の優劣を判断する職業）になる。
寛文六年	（1666）	25歳	現在確認できる西鶴の最も古い句が載る『遠近集《おちこちしゅう》』刊行。号は「鶴永《かくえい》」。
寛文十三年	（1673）	32歳	生玉《いくたま》神社で万句《まんく》俳諧を興行（『生玉万句』として刊行）。冬に「西鶴」と改名。
延宝《えんぽう》三年	（1675）	34歳	3人の子供を残し、妻が病死。
延宝五年	（1677）	36歳	一昼夜で千六百九句を独吟《どくぎん》する（『俳諧大句数《はいかいおおくかず》』として刊行）。
延宝八年	（1680）	39歳	一昼夜で四千九を独吟する（『西鶴大矢数《さいかくおおやかず》』として刊行）。

天和《てんな》二年（1682）	41歳	十月、『好色一代男《こうしょくいちだいおとこ》』刊行。はじめての浮世草子作品が誕生。
貞享《じょうきょう》一年（1684）	43歳	一昼夜で二万三千五百句を独吟する。
貞享二年（1685）	44歳	『西鶴諸国《さいかくしょこく》ばなし』刊行。
貞享三年（1686）	45歳	『好色五人女《ごにんおんな》』『好色一代女《いちだいおんな》』『本朝二十不孝《ほんちょうにじゅうふこう》』刊行。
貞享四年（1687）	46歳	『男色大鑑《なんしょくおおかがみ》』『懐硯《ふところすずり》』刊行。
元禄《げんろく》一年（1688）	47歳	『日本永代蔵《にっぽんえいたいぐら》』『新可笑記《しんかしょうき》』刊行。
元禄二年（1689）	48歳	『本朝桜陰比事《ほんちょうおういんひじ》』刊行。
元禄五年（1692）	51歳	『世間胸算用《せけんむねざんよう》』刊行。
元禄六年（1693）	52歳	八月十日、大坂で没《ぼっ》する。『西鶴置土産《おきみやげ》』刊行。
元禄七年（1694）		『西鶴織留《おりどめ》』『西鶴俗《ぞく》つれづれ』『万《よろず》の文反古《ふみほうぐ》』刊行。

執筆者プロフィール（五十音順）

有働　裕（うどう・ゆたか）
愛知教育大学教授。『西鶴　闇への凝視—綱吉政権下のリアリティー—』（三弥井書店、二〇一五年）、『これからの古典ブンガクのために—古典教材を考える—』（ぺりかん社、二〇一〇年）、『西鶴と浮世草子研究2　怪異』（高田衛・佐伯孝弘と共編、笠間書院、二〇〇七年）。

大久保順子（おおくぼ・じゅんこ）
福岡女子大学教授。『仮名草子集成　第55巻』（共著、東京堂出版、二〇一六年）、「「家中に隠れなき蛇嫌ひ」考—『武家義理物語』と連想的手法—」（全国大学国語国文学会『文学・語学』215号、二〇一六年四月）。

篠原　進（しのはら・すすむ）
青山学院大学教授（副学長）。『浮世草子大事典』（共編、笠間書院、二〇一七年）、『ことばの魔術師西鶴＝Saikaku the Wizard of Words：矢数俳諧再考』（共編、ひつじ書房、二〇一六年）、『西鶴と浮世草子研究』Vol.1（責任編集、笠間書院、二〇〇六年）。

杉本好伸（すぎもと・よしのぶ）
安田女子大学名誉教授。『浮世草子大事典』（共編著、笠間書院、二〇一七年十月）、「國前寺と《稲生物怪録》—「稲生怪談＝妖怪槌の由来＝」（『藝備日日新聞』を中心に—」（広島近世文学研究会編『鯉城往来』18号、二〇一五年十二月）、「『好色盛衰記』における〈方法〉と〈視線〉—二大臣の〈対比的構図〉に着目して—」（全国大学国語国文学会編『文学・語学』215号、二〇一六年四月）。

鈴木千恵子（すずき・ちえこ）
東京都立工芸高等学校（定時制）。『西鶴が語る江戸のラブストーリー』（共著、ぺりかん社、二〇〇六年）、『連句　学びから遊びへ』（共著、おうふう、二〇〇八年）。

染谷智幸（そめや・ともゆき）
茨城キリスト教大学文学部教授。『男色を描く—西鶴のBLコミカライズとアジアの〈性〉』（共編著、勉誠出版、二〇一七年）、『冒険・淫風・怪異—東アジア古典小説の世界』（笠間書院、二〇一二年）、『韓国の古典小説』（共編著、ぺりかん社、二〇〇八年）、『西鶴小説論—対照的構造と〈東アジア〉への視界』（翰林書房、二〇〇五年）。

畑中千晶（はたなか・ちあき）
敬愛大学教授。『男色を描く　西鶴のBLコミカライズとアジアの〈性〉』（染谷智幸と共編、勉誠出版、二〇一七年）、「西鶴が『男色大鑑』に登場するのはなぜか」（国文学研究資料館編『もう一つの日本文学史　室町・性愛・時間』勉誠出版、二〇一六年）、『鏡にうつった西鶴　翻訳から新たな読みへ』（おうふう、二〇〇九年）。

濵口順一（はまぐち・じゅんいち）
近世文学研究家・博士（日本文化）。「野傾物の発生と消滅―江島其磧の作品を中心に―」（『日本文学』52巻6号、二〇〇三年六月）、「『男色子鑑』と『男色大鑑』―山八と西鶴―」（『解釈』50巻9・10号、二〇〇四年十月）。

浜田泰彦（はまだ・やすひこ）
佛教大学講師。「『色里三所世帯』の再検討―「天子」を真似る外右衛門―」（『鯉城往来』19号、二〇一六年十二月）、「『世間親仁形気』〈祝言〉の方法―「老を楽しむ果報親父」の『文正草子』利用をめぐって―」（『京都語文』23号、二〇一六年十一月）、「『本朝二十不孝』「今の都も世は借物」結末部解釈をめぐって―漢文帝説話との比較を中心に―」（『京都語文』21号、二〇一四年十一月）。

早川由美（はやかわ・ゆみ）
奈良女子大学大学院博士研究員・愛知淑徳大学非常勤講師。「西鶴矢数俳諧の付合　紀子・三千風・西鶴それぞれの「西行」の付合をめぐって」（『ことばの魔術師西鶴―矢数俳諧再考―』篠原進・中嶋隆編、ひつじ書房、二〇一六年）、「『吾嬬下五十三駅』考―猫騒動と天一坊物実録の利用―」（『文学』二〇一五年七月、岩波書店）、『西鶴考究』（おうふう、二〇〇八年）。

松村美奈（まつむら・みな）
愛知教育大学・愛知大学非常勤講師。『仮名草子集成　第53巻』（共著、東京堂出版、二〇一五年）、「『本朝桜陰比事』についての一考察―裁判における「嘘」を切り口に―」（『東海近世』16号、二〇〇七年三月）、「『和漢乗合船』典拠考―運敞著『(正続)寂照堂谷響集』との関係から」（『日本文学』62巻3号、二〇一三年三月）。

南　陽子（みなみ・ようこ）
早稲田大学教育学研究科博士後期課程修了。「『万の文反古』巻一の四における書簡と話―「無用に候」の意味するもの」（日本近世文学会『近世文藝』97号、二〇一三年一月）、「『万の文反古』B系列の矛盾と笑い―「書簡体小説」の趣向と効果について」（日本近世文学会『近世文藝』94号、二〇一一年七月）、「西鶴と溝口健二―ふたつの『一代女』をめぐって」（笠間書院『西鶴と浮世草子研究』vol.4、二〇一〇年十一月）。

気楽《きらく》に江戸奇談《えどきだん》！

RE:STORY《リストーリー》 井原西鶴《いはらさいかく》

平成 30 年（2018）1 月 20 日　初版第 1 刷発行

［編］

西鶴研究会

［執筆者］

有働　裕／大久保順子／篠原　進／杉本好伸／鈴木千惠子／染谷智幸

畑中千晶／濵口順一／浜田泰彦／早川由美／松村美奈／南　陽子

［カバーイラスト・挿画］

藤咲豆子

［発行者］

池田圭子

［発行所］

笠間書院

〒101-0064　東京都千代田区神田猿楽町 2-2-3

電話 03-3295-1331　FAX03-3294-0996

http://kasamashoin.jp/　mail：info@kasamashoin.co.jp

ISBN978-4-305-70858-8　C0093

印刷／製本　モリモト印刷